Andreu Martín • Tres Catorze zum Dritten



cbt

**DER AUTOR**

© L. M. Palomares

Andreu Martín, 1949 in Barcelona geboren, studierte Psychologie und arbeitete nach seinem Studium zunächst als Redakteur. Daneben schrieb er Comics und Theaterstücke. Heute ist er Drehbuchautor, Regisseur für Film und Fernsehen und einer der bekanntesten Krimi-Autoren Spaniens. Für seine Romane wurde er mehrfach ausgezeichnet, darunter mit dem Dashiell-Hammet-Preis und mit dem Europäischen sowie dem Deutschen Krimipreis. Andreu Martín lebt und arbeitet in Barcelona.

Von Andreu Martín ist bei cbt erschienen:

**Man nennt mich Tres Catorze** (25057)

**Tres Catorze irrt sich** (30077)

Andreu Martín

# Tres Catorze zum Dritten

Aus dem Katalanischen
von Petra Zickmann und
Manel Pérez Espejo

cbt

cbt
Band 30087

cbt – C. Bertelsmann Taschenbuch
Der Taschenbuchverlag für Jugendliche
Verlagsgruppe Random House
München Berlin Frankfurt Wien Zürich

**www.bertelsmann-jugendbuch.de**

Umwelthinweis:
Alle bedruckten Materialien dieses Taschenbuches sind chlorfrei und umweltschonend.

1. Auflage
Deutsche Erstausgabe Oktober 2003
Gesetzt nach den Regeln der Rechtschreibreform

Die Originalausgabe erschien unter dem Titel
»El tercer de Tres«
bei Editorial Cruïlla, Barcelona

Übersetzung: Petra Zickmann und Manel Pérez Espejo
Lektorat: Ilona Einwohlt,
Büro für Kinder- und Jugendliteratur, Weiterstadt
Umschlagbild: Eva Schöffmann-Davidov
Umschlagkonzeption: Klaus Renner
go · Herstellung: Ina Hochbach
Satz: Uhl + Massopust, Aalen
Druck: Clausen & Bosse, Leck
ISBN 3-570-**30087**-0
Printed in Germany

Als ich dieses Buch geschrieben habe, lagen die Abenteuer, um die es darin geht, schon eine ganze Weile zurück. So hatte ich zwischendurch Zeit, mit den verschiedenen Beteiligten zu sprechen (Sílvia Foscor, Felisa Olvan, Capità Barreno, den Beamten der Guardia Civil Fernández und Salvador, Rodri Zamorano, Titi, Miquel Dürrrappel-Fahrradnase etc.), die mir viel von dem schilderten, was in meiner Abwesenheit passiert war. Also erzähle ich natürlich auch Sachen, die ich gar nicht selbst gesehen habe, und gehe sogar so weit, den einzelnen Personen Gefühle und Reaktionen zuzuschreiben, derer ich mir ganz und gar nicht sicher sein kann. Schließlich ist dies eine übliche Praktik von Historikern aller Zeiten und niemand hat sich je darüber beschwert. Außerdem ist es mein Buch und ich schreibe, wie's mir passt, und wen's juckt, der soll sich kratzen.

Ich hab euch lieb.

Ach ja, ich hab ganz vergessen, mich vorzustellen. Man nennt mich Catorze. Tres Catorze.

Teresa Pi

Erstes Kapitel

# Das Geheimnis der Silvia Foscor

## 1

Am 2. März entgleiste der Nahverkehrszug Figueres-Girona.

Ich erfuhr davon an der Kreuzung der Landstraße nach Pruneres und der Nationalstraße, wo die Guardia Civil einen sinnlosen Stau organisiert hatte. Sie hielten den gesamten Verkehr auf, um Feuerwehr und Krankenwagen freie Fahrt zum Unglücksort zu gewährleisten, doch diese kamen und kamen nicht, und die festsitzenden Autofahrer hupten und machten mit wilden Gesten ihrem Ärger Luft.

Ich war mit dem Fahrrad unterwegs. So konnte ich mich zwischen den Autos hindurchschlängeln bis ganz nach vorn. Ein gestresster Guardia hielt mich auf.

»Hier geht's nicht weiter!«, rief er. »Absoluter Vorrang für Dienstfahrzeuge!«

Ich schaute die gähnend leere Straße rauf und runter.

»Was für Dienstfahrzeuge? Keins in Sicht!«

»Sie kommen aber jeden Moment hier vorbei!«, schnaufte er, rot angelaufen und schweißüberströmt. Mir klang es mehr nach einem sehnlichen Wunsch als nach der Feststellung einer Tatsache.

Ich verzog zweifelnd das Gesicht und radelte mitten auf die Kreuzung zu ihm hin.

»Was haben Sie gesagt?«

Und da erhielt ich die Nachricht:

»Der Zug von Figueres nach Girona ist entgleist, und wir haben den Verdacht, dass es sich um einen vorsätzlich verursachten Unfall handelt. Bleib bitte zurück!«

Ich war in Eile.

»Wenn ich nun schon halb drüben bin, können Sie mich doch auch ganz hinüberlassen, nicht?«

»Kommt nicht in Frage! Wenn ich dir das gestatte, beschweren sich die anderen!« Die beschwerten sich bereits. »Kehr bitte um!«

»Tut mir Leid.« Er dachte, ich wollte mich wirklich entschuldigen. »Ich finde nur, Sie sollten wissen, wie sehr ich Ihre altruistische Einsatzbereitschaft bewundere!«

»Meine was?«

Er verstand das Wort altruistisch nicht und wäre um ein Haar beleidigt gewesen. Also trat ich energisch in die Pedale, bis ich auf der anderen Straßenseite war. Er wurde sauer:

»Hier geblieben!«

Wie der wackere Beamte prophezeit hatte, drohte unter den im Stau steckenden Autofahrern jeden Augenblick eine Meuterei auszubrechen. Zwei Guardias versuchten mich zu packen, aber es gelang mir, ihnen zu entwischen und die wilde Jagd in Erfüllung meiner Mission fortzusetzen.

Am Flugplatz von Pruneres sprach ich mit Manolo Due, dem traumhaften *pichichi*, dem Torschützenkönig des FC Barcelona, wurde Zeugin der Entführung seiner Freundin und handelte mir ein blaues Auge ein.

Doch das ist eine andere Geschichte, die schon in *Tres Catorze irrt sich* steht.

Diesmal muss ich euch von Sílvia Foscor erzählen.

## 2

Am nächsten Tag, dem 3. März, stieß ich die Tür zum Büro meines Partners auf und überraschte Rodri Zamorano mit offenem Mund, sodass ich zuerst dachte, er rede mit sich selbst.

Er zog die Brauen hoch, wurde ganz steif und starrte mich reglos an. Ich dachte: »Was hat er denn?«, und lieferte ihm eine kurze Zusammenfassung meiner neuesten Ermittlungen:

»Rodri, entschuldige, dass ich dich störe, aber es ist ein Mord passiert! Ein Maler namens Jacint DelaSelva hat einen Mann namens Galià umgebracht und vermutlich vergangene Nacht die Leiche und das Auto des Opfers verschwinden lassen! Es hat irgendwas mit Kunstfälschungen zu tun, die von der Guardia Civil untersucht werden…!«

»Tres, bitte!«, quetschte er schließlich hervor, wobei sein Blick zu einer Stelle hinter der Tür glitt. »Ich habe eine Klientin hier…«

Eine Klientin?

Er saß hinter seinem Schreibtisch und ihm gegenüber standen die beiden ziemlich unbequemen Designer-Stühle, auf denen für gewöhnlich die Besucher Platz nahmen. Weiter vorn, jetzt verborgen von der Tür, die ich soeben geöffnet hatte, stand an der Wand eine Sitzgruppe aus gelbem Leder.

Ich lugte hinter die Tür und stellte fest, dass Rodri Zamorano keine Selbstgespräche führte.

Auf dem rechten Sessel erkannte ich zwei lange Beine wie aus einem Werbespot für Strümpfe, die unter einem kurzen Rock hervorkamen und in Schuhen mit Stiletto-Absätzen endeten. Die cremefarbene Jacke, passend zum Rock, war tief genug ausgeschnitten, um zu zeigen, dass sich kein BH darunter befand und die vollen, aufrechten, jugendlichen Brüste demnach vollkommen natürlich waren. (Später werdet ihr verstehen, warum diese Beschreibung hier unbedingt notwendig ist).

Die linke Hand ruhte lässig auf einer Handtasche aus blaugrauem Leder. Der rechte Ellbogen stützte sich in einem gekonnten, superfotogenen 90°-Winkel auf die Armlehne und die lange Hand mit den roten Fingernägeln hielt die Zigarette auf eine Art, dass man unwillkürlich der Nikotinsucht verfallen wollte.

Ich wollte gerade zu einer überschwänglichen Begrüßung ansetzen, freudig überrascht, weil ich überzeugt war, diese Frau zu kennen, wenn ich auch im Augenblick nicht darauf kam, woher. Ich lächelte sogar schon.

Es war ein perfektes, sich seiner Perfektion bewusstes Gesicht, gewohnt, umworben zu werden und mit wohlwollendem Lächeln huldvoll die Bewunderung seiner Umgebung entgegenzunehmen. Große Augen in der Form und Farbe gerösteter Mandeln, die belustigt mein verschwollenes Auge musterten. Kleines Näschen, so eben angedeutet. Üppige, aufgeworfene, sinnliche Lippen. Sie blies träge die Rauchwolke aus, die ihr den Mund füllte, und sagte mit einer klangvollen, abgründigen Stimme, die aus den Tiefen ihres Brustkorbs kam:

»Macht nichts, macht gar nichts. – *Mocht nöchts, mocht gor nöchts.* – Red nur weiter. Das ist interessanter als das, wovon ich gerade sprach.«

Mein Reinschneien hatte sie irritiert, doch war sie im Gegensatz zu Rodri in der Lage, Überraschung zu zeigen, ohne eine total schwachsinnige Fresse zu ziehen.

Woher kannte ich sie bloß?

»Du redest nicht weiter!«, widersprach mein Partner. »Wenn du sicher bist, was du da sagst, will ich nichts weiter wissen. Ich bin kein Filmdetektiv, klar? Ich untersuche keine Morde, das ist Sache der Polizei. Geh und erzähl's der Polizei, okay? Und jetzt lass uns bitte allein. Und gewöhn dir an anzuklopfen, bevor du die Tür aufmachst.«

Ich dachte, dass Rodri, wenn ich ihn auch nicht bei Selbstgesprächen ertappt hatte, großen Ärger haben musste oder bald haben dürfte. Sein dämliches Gehabe vor dieser Frau vermittelte mir eine Ahnung, welche Sorte Konflikte seine Ehe untergruben. Arme Cristina! (So hieß nämlich seine Frau.)

Ich presste die Lippen zusammen, schluckte alles, was ich gern gesagt hätte, machte einen Schritt rückwärts und schloss die Tür, wobei ich völlig vergaß, mich zu entschuldigen.

In unserem Empfangs- und Wartezimmer herrschte ein Chaos aus Kartons, Handwerkern, die Irenes Telefonzentrale und Computer neu installierten, und Putzfrauen, die überall herumfuhrwerkten, um die tags zuvor von zwei durchgedrehten Brutalos angerichteten Schäden zu beheben. (Bei uns Privatdetektiven kommt es immer mal zu derartigen Zwischenfällen.)

Als Irene meine Verdrossenheit bemerkte, warf sie mir einen ihrer gemeinen, missbilligenden Blicke zu. Wir konnten uns noch nie riechen, wir zwei. Sie ertrug es nicht, von jemandem in meinem Alter Anweisungen zu erhalten. Auch Titi, Beule an der Stirn, geschwollene Nase und Pflaster auf der Wange, verhielt sich an diesem Morgen kühl und abweisend. Er mied verlegen meinen Blick. Und ich mied verlegen den seinen.

(Später sollte ich erfahren, dass die beiden mir etwas verheimlichten.)

Ein furchtbarer Tag.

Ich verkroch mich in meinem Büro und bemühte mich, den Mord an Herrn Faustí Galià aus dem Kopf zu kriegen. Ich schlug meine Bücher auf und tat, als wollte ich mich an die Hausaufgaben machen, als ich einen Anruf meines anonymen Verehrers erhielt, der sich *So liebevoll verliebt* nannte. Diesmal las er mir ein Gedicht von Gabriel Ferrater mit dem Titel *Götzenbilder* vor und danach bat er mich zum ersten Mal um ein Date.

»Ich sehne mich danach, dir die Verse ins Ohr zu sagen, nach der langen Versteckspielerei …«

Und ich, ich, die ich mit einem Jungen namens Toni ging, der »Schnäbelchen« zu mir sagte und mir, um mich zu ärgern, in aller Öffentlichkeit an den Hintern fasste, ich sagte: Okay, heute zwar nicht, weil ich zum Fußball müsste, aber ich würde mich sehr freuen, ihn am nächsten Tag in der Pizzeria Ente in Dalt Vila zu treffen. Flirten nennt man das, ich weiß, und es war ein widerwärtiger Akt flagranter Untreue gegen meinen Freund, ich weiß und hab's auch teuer genug bezahlt. Warum ich das gemacht habe, weiß ich nicht. Das Alter, nehme ich an. Neugierde. Es schmeichelte mir, einen heimlichen Verehrer zu haben. Zu dieser Zeit fühlte ich mich wie die Größte überhaupt, von allen Jungs im Umkreis bewundert und begehrt. Tags zuvor hatte Titi sich nicht bremsen können und mich leidenschaftlich geküsst. Sogar Manolo Due, der millionenschwere, supersüße *pichichi* des FC Barcelona, interessierte sich für mich. Da hatte mir nur noch ein schmalziger Romeo gefehlt, der seine Stimme elektronisch verzerrte, um mir per Telefon Poesie vorzutragen. So was baut ungemein auf, steigt dir zu Kopf und lässt dich Wahnsinnstaten begehen.

Kaum hatte ich die Verabredung mit *So liebevoll verliebt* für den nächsten Tag um sechs Uhr abends in der Pizzeria Ente getroffen, machte jemand ohne anzuklopfen die Tür auf und schlüpfte in mein Büro.

Es war die umwerfende Klientin, die ich bei Rodri Zamorano gesehen hatte. Diese Filmstartype mit der tiefen, sinnlichen Samtstimme.

Kannte ich sie vielleicht daher? Aus dem Kino? War sie Schauspielerin?

# 3

»Kann ich dich einen Moment sprechen?«

Später erfuhr ich, dass sie sich bei Irene nach mir erkundigt hatte: »Ein Mädchen…, ein junges Mädchen…, mit einem blauen Auge…, ich vermute, sie arbeitet hier…?« Irene hatte auf meine Tür gedeutet und hinzugefügt, sie würde mich bestimmt nicht stören, ich hätte bloß zu lernen. »Sie geht ins Abendgymnasium und macht vormittags ihre Schularbeiten hier im Büro ihres Vaters.«

»Ich heiße Sílvia Foscor«, stellte sie sich vor und streckte mir die Hand hin. »Macht's dir was aus, wenn ich mich kurz setze?«

Nein, nein, es machte mir nichts aus. Was ich für sie tun könnte?

»Ich bin gekommen, um Rodri Zamorano mit einer Angelegenheit zu beauftragen, die aber jetzt nebensächlich ist, weil… du hast da vorhin etwas gesagt, das mich hellhörig gemacht hat … Etwas von einem Mord im Zusammenhang mit Jacint DelaSelva.«

»Ah, ja«, entgegnete ich gleichmütig, womit ich zu verstehen geben wollte, dass dieser Fall bereits Geschichte war.

»Ist das … eine Sache, in der du ermittelst?« Sie konnte es nicht fassen. Sie sah sich im Büro um, luxuriös und komfortabel, trotz der Verwüstungen durch die beiden Rabauken. Ein schöner Batzen Geld im Monat, wenn es angemietet war. Bestritt ich diese Kosten? Wo war mein Vater?

»Ja.«

»Aber hast du denn eine … Lizenz als Privatdetektiv?«

»Detektivin!«, korrigierte ich sie. »Gibt's auch in weiblicher Form.« Dann beantwortete ich ihre Frage: »Nein, natürlich habe ich keine Lizenz. Dieses Büro gehörte meinem Vater, aber er ist tot und ich hab's geerbt. Ich mache meine Hausaufgaben hier …«

»Und ab und zu ermittelst du ein bisschen in Mordfällen und solche Sachen …«, sagte sie leicht spöttisch, ohne aber verletzend zu sein. Ich merkte, dass es ihr schwer fiel, mich ernst zu nehmen.

»Solche Sachen«, antwortete ich bescheiden.

Sie fasste ihre graue Ledertasche mit beiden Händen und stellte sie auf den Tisch, was sich durchaus als Angebot aller darin enthaltenen Schätze deuten ließ, aber ebenso gut eine Geste der Besitzergreifung, der käuflichen Übernahme sein konnte. Mit einem Funkeln in den Augen setzte sie sich mir gegenüber.

Sie war eine dieser Frauen, die dir das Gefühl geben, dass du es niemals schaffen wirst, so zu werden, wie du gerne wärst. Nun war ich zu dieser Zeit noch in der Pubertät, beobachtete aufmerksam meine Umgebung und fragte mich, zu welcher Art Frau ich wohl heranreifen würde. Naja, und bei der Einsicht, dass ich nie im Leben wie Sílvia Foscor sein würde, überkam mich ein trostloses Gefühl der Leere, der Niedergeschlagenheit, der gescheiterten Existenz.

»Und… was diesen Mord betrifft, von dem du gesprochen hast… was wirst du jetzt machen?«, fragte sie begierig und sensationslüstern.

»Keine Ahnung. Gar nichts, nehme ich an. Rodri will nichts davon wissen, der Capità der Guardia Civil hat alle Hände voll zu tun mit der Zugentgleisung… und Beweise hab ich auch keine…«

»Dann treiben wir welche auf!« Mit einem Schlag wurde sie zur Protagonistin eines Abenteuerfilms. Kühn, tatkräftig, munter. »Los, ich hab ein Auto! Ich fahre dich! Wo könnten wir Beweise für dieses Verbrechen finden? Hast du keine Lust, danach zu suchen?«

»Und ob ich Lust habe!«

»Worauf wartest du also noch?«

Das ließ ich mir nicht zweimal sagen. Im Handumdrehen hatte ich herausgefunden, wo die Beweise gegen den Mörder, den ich zur Strecke bringen wollte, zu finden sein könnten, und im nächsten Augenblick stürzten wir aus der Agentur, Sílvia Foscor und ich, die imposante schicke Lady und das Gör mit dem Glupschauge in T-Shirt, Jeans und Jeansjacke.

## 4

Ihr prächtiger, glänzender Volvo stand falsch geparkt vor der Detektei. Innen roch er nach neuem Leder. Aufgeregt und ein Stückchen gewachsen vor lauter Stolz, einer so Aufsehen erregenden Frau den Weg zu weisen, lotste ich Sílvia Foscor durch die Straßen.

»Zur Autobahnauffahrt Nord. Es müssen ungefähr fünfzehn Kilometer sein. Wir sollten nach einem Bauernhof Ausschau halten. Dem Landhaus der DelaSelvas.«

Sie fragte nicht, wie ich mir das Veilchen eingehandelt hatte. Ich nehme an, sie hielt das bei einer Privatdetektivin meines Alters für normal.

Als wir auf der Autobahn waren, entschloss ich mich, ein Gespräch anzufangen:

»Darf ich fragen, wozu Sie die Dienste der Agentur in Anspruch nehmen wollten? Sie können's mir ruhig erzählen! Ich bin die Partnerin von Rodri Zamorano. Ich heiße Pi, wissen Sie? Teresa Pi, aber genannt werde ich Tres Catorze ...«

»Tres Catorze?«

»Ich bin Pi von Pi & Zamorano. Ich komme sogar noch vor Rodri! Man nennt mich Tres, also 3, als Abkürzung von Teresa, und Catorze, also 14, wegen der Zahl $\pi = 3{,}14$.«

»Im Ernst?« Sie lachte.

Sie fand es sehr witzig, dass man mich statt Pi »3,14« nannte. Und während ich es ihr erklärte, konnte sie nicht aufhören zu lachen und wiederholte ständig: »Tres Catorze, Tres Catorze!«

»So rufen sie dich sicher in der Schule, was?«, bemerkte sie.

Mein Vater Tomàs Pi, ein hervorragender Privatdetektiv, hatte zusammen mit Rodri Zamorano die Agentur gegründet. Deshalb hieß sie Pi & Zamorano (ein scheußlicher Name, den böse Zungen zu *Pizza Murano* verballhornt haben). Anfangs arbeiteten sie vor allem für die im Industriegebiet von Tos ansässigen Firmen. Solvenzgutachten, Überprüfung der Vertrauenswürdigkeit leitender Angestellter,

Industriespionage. Später drang ihr Ruf bis in die nächstgrößeren Städte wie Girona und Figueres und auch von dort kamen ein paar Klienten zu uns. Girona und Figueres sind zu klein, als dass gewisse, von den ortsansässigen Schnüfflern gelüftete Geheimnisse bewahrt werden könnten, und darum weichen die hintergangenen Ehegatten, betrogenen Kunden oder ausspionierten Unternehmer gern auf Ermittler von außerhalb aus. Normalerweise engagieren sie Detektive aus Barcelona, wo die Anonymität garantiert ist und jeglicher Service generell von besserer Qualität zu sein scheint. Aber in letzter Zeit hat der gute Name unserer Firma auch einen Teil dieser Klientel zu uns gelockt: Das Dorf Tos lag viel näher als Barcelona, war aber zugleich unbekannt und abgelegen genug, um die gleiche Sicherheit und Diskretion zu gewährleisten wie die Metropole.

Alles lief also wie am Schnürchen, bis ein Lastwagen das Auto zermalmte, in dem meine Eltern unterwegs waren. Verzeiht, wenn ich auf dieses Thema jetzt nicht näher eingehe. Ich will nicht anfangen zu heulen und ihr sollt mich nicht bemitleiden. Jedes Mal, wenn ich daran denke, steigen mir die Tränen in die Augen. Ihr versteht das sicher.

Von diesem Tag an war ich Erbin der Hälfte der Ermittlungsagentur Pi & Zamorano. Weil Oma Tecla, bei der ich wohne, fest überzeugt war, dass Rodri Zamorano mir meinen Anteil streitig machen und sich die ganze Firma unter den Nagel reißen wollte, ging ich jeden Tag hin und hockte mich in Papas Büro, um Hausaufgaben zu machen, zu lernen oder mit Freunden zu telefonieren. Es ging nur darum, vor Ort zu sein, um den von meiner paranoiden Großmutter unterstellten arglistigen Machenschaften Rodris keinen Vorschub zu leisten.

»Du kannst es mir also ruhig sagen. Was wolltest du von Rodri?«

»Nichts weiter. Ich bin auf der Suche nach einer Freundin, die hier im Dorf wohnt. Felisa Olvan heißt sie. Kommt dir der Name bekannt vor?«

Ich schüttelte den Kopf. Sie verstummte, als nähme das Fahren ihre ganze Aufmerksamkeit in Anspruch, womit sie mir zu verstehen gab, dass mich das nichts anging. Ich schickte mich. Das bin ich gewohnt.

»Und wieso hast du Zeit, hier einfach so mitzumachen?«, fragte ich, um das Thema zu wechseln und weitere lästige Gesprächspausen zu vermeiden. »Musst du nicht arbeiten?«

»Ich arbeite nur gelegentlich. Ich bin Model.«

»Topmodel? Ein echtes *Topmodel*? Wie Naomi Campbell oder Cindy Crawford oder Claudia Schiffer?«

»Ja, naja... ich mache Modenschauen und Werbung...«

»Machst du Werbespots?« Und da fiel mir ein, wo ich sie gesehen hatte. Im Fernsehen. Das Mädchen im Bikini, soeben dem Meer entstiegen, Sand auf der gebräunten Haut, das mit rauer, erotischer Stimme verkündete, es habe Durst: »Aber klar doch! Du bist die aus der *Öch-höb-Dörst*-Reklame!« So wie sie es in dem Werbefilm aussprach, klang es wie *Öch höb Dörst. »Öch-höb-Dörst*, natürlich! Und *du* interessierst dich für Mörder und Leichen...?«

»Das interessiert doch jeden, oder nicht? In jedem Film oder Roman, der was taugt, gibt es einen Killer und ein Opfer.« Sie machte eine kleine Pause. Ich hatte den Eindruck, es passte ihr nicht, dass ich sie erkannt hatte, und dass sie mich ablenken wollte. »Und du sagst, in diesem Fall sei Jacint DelaSelva der Mörder?«

»Kennst du ihn?«

Da hatte sie ja wirklich gut aufgepasst! In ihrer Gegenwart hatte ich den Namen des Malers nur ein einziges Mal erwähnt, unvermittelt und ganz nebenbei.

»Dem Namen nach. Vielleicht bin ich ihm auch einmal begegnet … Und wen soll er umgebracht haben?«

»Einen Mann namens Galià. Und es sieht aus, als wären die beiden in eine Fälschungsaffäre verwickelt …«

Ich stockte und hielt vorsichtshalber den Mund, falls Sílvia Foscor eine Freundin oder Bekannte von Jacint DelaSelva sein sollte. Ich hatte bereits zu viel geplappert. Bis ich einem Profi wie meinem Vater das Wasser reichen kann, muss ich noch viel lernen.

»Stopp!«, sagte ich. »Meinst du nicht, dass wir hier abbiegen sollten? Fahr mal zu diesem Haus da drüben und lass uns fragen …!«

So kamen wir zu einem alten, erst kürzlich restaurierten Bauernhaus, das teure, geschmacklose Details mit extremer Armseligkeit vereinte.

Sílvia Foscor winkte einem alten Frauchen zu, das vor einer baufälligen Baracke stand, dem Wohnhaus der Pächter vermutlich. Die Alte bestätigte uns, dass dies der Hof von Jacint DelaSelva sei. Da trat ein Kerl aus der Baracke, der mich an den Glöckner von Notre Dame, Mister Hyde und King-Kong zugleich denken ließ. Wenn Sílvia Foscor die Schöne war, dann war dieser Mann zweifellos das Biest.

Er hatte einen mehrere Tage alten Stoppelbart, die Haare standen ihm vom Kopf und sein eines Auge war halb zu, sodass man seinen Blick wie ein Plus und ein Minus darstellen könnte (+ –). Seine Hände waren riesig. An anderer Stelle habe ich sie mal mit Baseballhandschuhen verglichen und finde das ziemlich treffend.

»Was ist?«, fragte er unfreundlich, impertinent, herausfordernd.

Sílvia wurde von einer Art Panikattacke befallen. Die Druckwelle ihres Schocks war so mächtig, dass es mich gegen die Autotür presste.

»Nichts, gar nichts!«, schrie sie.

Und während ich noch dachte, dass sie wohl ein bisschen übertrieb, riss sie in wilder Hast den Wagen um hundertachtzig Grad herum und schoss mit quietschenden Reifen davon, wobei hinter uns eine Wolke aus Staub und Kies aufwirbelte.

Wir flüchteten, als sei uns tatsächlich King-Kong auf den Fersen, der sich gerade Doktor Jekylls Trank einverleibt hatte.

»Aber was machst du da?«, rief ich aus.

»Was hattest du denn vor?«, entgegnete sie und ihre Stimme schnappte über vor Angst und Erregung. »Etwa diesem Orang-Utan sagen, wir wollten mal eben checken, ob sein Boss vielleicht ein Killer ist?«

Sie improvisierte. Das war nicht, was sie wirklich dachte oder fühlte.

»Was ist nur los mit dir? Hat der Kerl dich so erschreckt?«

»Allerdings, Tres! Jawohl, sieh mal an, er hat mich erschreckt! Wundert dich das? So einen hässlichen Menschen hab ich noch nie gesehen! Er kam mir wahnsinnig gefährlich vor! Was hättest du den fragen wollen?«

Ich erwiderte nichts. Ich sah sie nur eindringlich an, um hinter ihre Gedanken zu kommen und sie in Verlegenheit zu bringen. Was verschwieg sie mir? Warum log sie mich an?

Auf der Rückfahrt ins Dorf quasselte sie hektisch, übernervös, um nur keine Pause entstehen zu lassen, die mir Gelegenheit gegeben hätte, Fragen zu stellen oder ihr Verhalten zu kritisieren.

»So, dann weißt du ja jetzt, wo der Hof der DelaSelvas ist, nicht wahr? Das war's doch, was du wissen wolltest, nicht wahr? Also schön, Mission erfüllt! Dann weißt du wohl auch, was du jetzt zu tun hast. Ich würde dir jedenfalls raten, zum Capità der Guardia Civil zu gehen und alles zu sagen, was du weißt... Obwohl die jetzt wohl kaum ein offenes Ohr für dich haben werden, mit der Zugentgleisung und so, aber versuchen musst du es...«

Sie bremste den Volvo vor dem Gebäude der Agentur.

»Na dann, Tres. Tut mir Leid, wenn ich dich enttäuscht habe...«

Ich war neugierig geworden. Ich hatte in diesem Moment sehr viel zu tun, zu viel, um mich damit jetzt aufzuhalten, aber ich schwor mir, früher oder später zu ergründen, was sie zu verbergen hatte. Welche Verbindung bestand zwischen Sílvia Foscor und dem Fall DelaSelva?

»Tschüss«, sagte ich. »Ich hoffe, wir sehen uns wieder«, fügte ich hinzu, und es klang wie ein Versprechen.

Der Volvo verschwand in einem solchen Affenzahn die Straße hinunter, als sei am anderen Ende Godzilla aufgetaucht, in der eindeutigen Absicht, ihn zu verschlingen.

Zweites Kapitel

# Sílvia Foscor rettet mir das Leben

## 1

Sílvia Foscor hatte mich mit ihrer Angst angesteckt. Ich nehme an, ich sollte mir hier das Image der wagemutigen Detektivin geben, die kein Zögern und keine Furcht kennt. In Wahrheit jedoch war in mir nicht nur der Bär los, sondern ein ganzer Wanderzirkus, das sag ich euch! Hätte man mich mit dem Stethoskop abgehorcht, wären bestimmt die Pauken und Trompeten zu hören gewesen. Wie ihr euch wohl schon gedacht habt (beziehungsweise wisst, wenn ihr *Man nennt mich Tres Catorze* gelesen habt), war ich von dem Mordfall Faustí Galià entschieden überfordert, und obendrein hatte sich durch die Entführung von Manolo Dues Freundin alles noch zusätzlich verkompliziert. Angesichts der verstörten Reaktion Sílvia Foscors griff ich deshalb wieder einmal auf die Weisheit und den Beistand der Erwachsenen zurück, die ja angeblich wissen, wo's langgeht.

Ich ging also wieder in die Agentur, um Rodri Zamorano klar zu machen, dass hinter dem Fall Faustí Galià viel mehr steckte als zunächst angenommen.

Auf der Rückfahrt mit der endlos labernden Sílvia war ich zu dem Schluss gekommen, dass das Topmodel in irgendeiner Beziehung zu Jacint DelaSelva, Faustí Galià und den gefälschten Gemälden stehen musste. Wie war sie also bei Rodri gelandet? Durch Zufall? Wegen dieser unbedeutenden Angelegenheit, über die sie nicht einmal reden wollte? Nein: Ich wurde das Gefühl nicht los, dass sie log. Mir schoss der Gedanke durch den Kopf, dass der Mörder womöglich von meinen Ermittlungen Kenntnis erhalten, eine Komplizin geschickt und eine Art unterschwellige Konterattacke gestartet haben könnte, gegen die wir schnellstens vorgehen müssten.

Wer war diese Frau? Was hatte sie von meinem Partner in Erfahrung gebracht?

Diese Fragen konnte mir einzig und allein Rodri Zamorano beantworten.

Kaum dass der blitzende Volvo zu einem in Staub gehüllten Pünktchen am Horizont geworden war, stürmte ich also, immer zwei Stufen auf einmal, zum Büro hinauf.

Irene las in *La Vanguardia*, einen roten Filzstift in der Hand. Löste sie etwa Kreuzworträtsel? (Unmöglich! Für das Kreuzworträtsel der *La Vanguardia* braucht man *ein bisschen Intelligenz*!)

»Ist Rodri beschäftigt?«, fragte ich sie.

Sie blickte erst auf mich, dann auf Rodris Bürotür und verdrehte die Augen, als wolle sie sagen: »Das weiß Gott allein!« oder »Der Kerl kostet mich den letzten Nerv!« oder »Diese Frage ist zu schwierig für mich« oder so was in dem Stil.

Da bemerkte ich, dass sie den Anzeigenteil studierte und Jobangebote wie »Sekretärin« oder »Bürokraft« rot einkringelte.

Meine Alarmlämpchen fingen an zu blinken.

»Suchst du etwa Arbeit?«

»Keine Sorge, ich gehe nicht weg«, sagte sie mit zuckersüßem Lächeln. »Ich will nur nicht, dass es mich völlig unvorbereitet trifft, wenn Rodri die Firma dichtmachen muss, was wohl ziemlich bald der Fall sein wird.«

Ich begriff, dass sie mir das sagte, damit ich es an Rodri weiterleitete.

»Wie meinst du das?«

»Hier ist Sense. Rodri nimmt keine Aufträge mehr an. Heute Morgen haben zwei Klienten angerufen und er hat sie abgewimmelt. Gestern kam er betrunken ins Büro… Zwei andere Fälle hat er so schludrig bearbeitet, dass er die Vorschüsse zurückzahlen musste. Das Schiff säuft ab, Kleine, und diese roten Kreise da sind meine Rettungsringe.«

Höchste Alarmstufe. Es ist hinlänglich bekannt, dass die Ratten als Erste erkennen, wenn ein Schiff dem Untergang geweiht ist. Das ist so etwas wie der ultimative Beweis für den Schiffbruch. Seit der Sache mit der *Titanic* nimmt deshalb jedes Überseeschiff eine Hand voll Ratten mit an Bord, ausgerüstet mit einer Käseration und einem Köfferchen mit dem Notwendigsten. Sobald man sieht, dass die Ratten anfangen, ihre Sachen zu packen, werden die Rettungsboote klargemacht.

Ich war schon immer der Meinung, dass Irene eine Ratte ist.

Ich stürmte zur Tür von Rodri Zamoranos Büro. Ohne mich um seine Ermahnung von vorhin zu scheren, trat ich wieder ein, ohne anzuklopfen.

Rodri hielt eine Pistole in der Hand, zielte auf mich und schrie:

»Hände hoch, das ist ein Überfall!«

2 Ich bekam einen Schrecken von der Sorte, den man noch seinen Enkeln erzählt. Es war das erste Mal in meinem Leben, dass jemand eine Schusswaffe auf mich richtete.

»Was für ein Spielchen soll denn das sein?«, ranzte ich ihn wütend an.

Er lachte verschämt, um mich glauben zu machen, dass er nur spielte, und sah auf seine Hand herunter, als merke er erst jetzt, was er darin hielt.

»Ein Spielchen halt... einfach so... *peng, peng...*« Als wäre das Ding ein harmloses Spielzeug! »Räuber und Gendarm, ha, ha, ha!«

»Du spinnst ja«, stellte ich fest. »Irene sagt, du hast zwei Aufträge vermasselt und zwei andere abgelehnt, und jetzt komme ich hier rein, und du spielst Räuber und Gendarm. Was soll der Mist? Und hör auf, mit dieser Pistole auf mich zu zielen, verdammt, die ist echt!«

Er versteckte die Pistole und seine Hände hinter dem Rücken.

»Keine Sorge, sie ist nicht geladen.« Er wusste nicht, was er sagen sollte. Ich traute ihm kein bisschen. Und im ernsthaften Ton des pragmatischen Unternehmers fuhr er fort: »Ich muss Irene feuern. Sie ist ein Tratschweib.«

Zu jeder anderen Zeit hätte ich diese Entscheidung begrüßt, weil ich Irene noch nie leiden konnte, in diesem Augenblick jedoch erschien es mir, als stelle der Kapitän den Ratten die Rettungsboote zur Verfügung und die Passagiere hätten das Nachsehen.

»So weit kommt's noch! Willst du den Laden wirklich zumachen?«

Er sah mich verwirrt an. Er fand keine Worte und wurde

rot. Mit gesenktem Kopf legte er die Pistole auf den Schreibtisch und bedeckte sie mit beiden Händen.

»Teresa...«, begann er feierlich, »wir machen schwere Zeiten durch...«

»Was heißt wir? Du und wer noch?«

»Naja...« Wie ein Kind, das nicht weiß, was es mit seinen Händen machen soll, steckte er den Zeigefinger durch den Bügel der Pistole und ließ sie auf der Tischplatte kreiseln. Mich erinnerte das an russisches Roulette und ich bekam eine Gänsehaut. »*Ich* mache eine schwere Zeit durch.«

»Ganz offensichtlich!« Ich war in Rage und nicht mehr zu bremsen. »Da braucht man sich nur mit Cristina zu unterhalten, um das zu bemerken. Da braucht man nur zu sehen, wie du Sílvia Foscor anglotzt...!«

»Das hat nichts damit zu tun!«, widersprach er geschockt. »Es geht nicht um eine andere Frau!«

»Willst du gefälligst aufhören mit der Pistole!« Er hörte auf mit der Pistole und sie blieb still auf dem Tisch liegen. »Es ist mir schnurz, um was es geht! Was auch immer es sein mag, die Agentur, die mein Vater gegründet hat, kann jedenfalls nichts dafür!«

Er setzte sich, drückte die Handflächen gegen die Stirn und rieb sich die Augen.

»Tut mir Leid«, sagte er dünn.

»Tut mir Leid«, äffte ich ihn nach. »Hattest du nicht einmal vor, mir etwas davon zu sagen? Auf was hast du gewartet? Wolltest du es erst rauslassen, wenn es zu spät gewesen wäre: Tut mir Leid, Kleines, es ist alles den Bach runter...?«

»Pass auf...«

Er zog eine Schublade heraus. Das sah mir nach längerem Vortrag aus und ich hatte keine Zeit zu verlieren. Ich hegte den starken Verdacht, dass Sílvia Foscor zurück zum Landhaus der DelaSelvas gefahren war. Keine Ahnung, wie ich auf diese Idee kam.

»Das wirst du mir ein andermal erzählen müssen«, fiel ich ihm ins Wort. »Jetzt will ich etwas über diese Sílvia Foscor wissen, die heute Morgen hier war… Was wollte sie? Woher kennt sie die DelaSelvas?«

In diesem Moment interessierte mich Sílvia Foscor ausschließlich im Zusammenhang mit dem Fall, der mich beschäftigte. Rodri blinzelte irritiert.

»Wie meinst du das? Kennt sie die DelaSelvas denn?«

»Etwa nicht? Hat sie dich nicht nach ihnen gefragt? Oder über sie gesprochen?«

Rodri wiederholte nur mit törichter Miene: »Aber nein, aber nein, ganz und gar nicht.«

»Was wollte sie?«

»Ich soll nach einer Freundin von ihr suchen, die hier im Dorf wohnt. Ein Mädchen namens …« Der Notizblock, auf dem er die Daten notiert hatte, lag noch aufgeschlagen vor ihm. »… Felisa Olvan. Oder Felicitat Olvan. Vielleicht ist auch Felicitat Olvan die Mutter von Felisa Olvan …?«

»Und sie hat die DelaSelvas mit keiner Silbe erwähnt? Und Faustí Galià auch nicht?«

»Nein.«

Das wunderte mich, aber ich hatte keine Zeit, in Ruhe darüber nachzudenken. Ich wollte schleunigst zurück zu dem Hof. Schon griff ich nach der Türklinke, hielt aber noch einmal inne. Fassungslos schnauzte ich ihn an:

»Da will man dir einen so simplen Auftrag erteilen, wie in diesem Zehntausend-Seelen-Dorf eine Person ausfindig zu machen, und du sagst einfach, das gehe nicht? Ohne auch nur ins Telefonbuch zu gucken? Und dann weißt du nicht mehr, was man dir gesagt hat, nicht einmal den Namen derjenigen, die du suchen solltest? Und zu allem Überfluss besitzt du auch noch die Frechheit zu sagen, das Geschäft laufe schlecht?«

Ihm fiel keine Antwort ein. Er kratzte sich am rechten Ohr.

Ich ging hinaus und bemühte mich, die Tür leise zuzumachen. Das schien mir würdevoller.

## 3

Ich ging nach Hause, mein Rad holen. Da Mittag schon vorüber war, bat ich Oma Tecla, nicht mit dem Essen auf mich zu warten. Ich weiß nicht, ob sie es mitgekriegt hat, so gebannt hing sie vor dem Bildschirm und zog sich zum x-ten Mal *Die Todeskralle schlägt wieder zu* mit Bruce Lee rein.

Unterwegs zur Zweitresidenz der DelaSelvas vermochte ich Sílvia Foscor zwar immer noch nicht mit dem Fall des Malers in Verbindung zu bringen, wurde aber auch die Idee nicht los, dass sie darin verstrickt war. Ich musste immer an ihren Schock denken, als sie den gigantischen Mister Hyde aus der Baracke treten sah, und sagte mir, dass sie ihn wieder erkannt haben musste, dass sie so bestürzt war, weil der Koloss möglicherweise irgendetwas mit dieser Felisa Olvan zu tun hatte, die sie suchte. Und dass Felisa Olvan vielleicht sogar eine Schlüsselfigur für die Aufklärung des Mordes an Faustí Galià war.

Wie gesagt, hatte ich bereits eine Vorahnung, sie dort anzutreffen, also war ich nicht besonders überrascht, den blendenden Volvo vor der armseligen Baracke stehen zu sehen.

Ich legte das Bike unter eine Pinie und schlich mich, hinter Bäume und einen verlassenen, räder- und türenlosen Lieferwagen geduckt, an das Elendsquartier heran.

4 Sílvia Foscor war in der Tür erschienen und stand groß und schlank, das Gewicht aufs rechte Bein verlagert, die Hüfte vollendet geschwungen, in ihrer ganzen Perfektion im Rahmen wie ein Gemälde. Die graue Ledertasche hing ihr an einem langen Riemen über der linken Schulter.

Sie sagte:

»Wir müssen über Faustí Galià reden!«

Um zu veranschaulichen, wie bestürzt und erschüttert der Bewohner der Baracke war, möchte ich sagen, er glaubte, die Erde unter seinen Füßen fange an zu beben.

»Über wen?«

»Über Faustí Galià. Du weißt schon ...«

Ich stelle mir vor, dass er überlegte, die Dame mit dem tiefen Ausschnitt in seine armselige Behausung zu bitten, um ihr einen schweren Gegenstand über den Kopf ziehen zu können, ohne dass es jemand mitbekam.

»Wer ist Faustí Galià?«

»War. Er ist tot. Ermordet.«

Der Mann, der wie eine Kreuzung aus King-Kong und Quasimodo aussah, entgegnete:

»Was?«

»Du hast ganz richtig gehört!«, sagte Sílvia Foscor nachdrücklich.

Sie war mit ihrem Hochglanzschlitten vor seiner Höhle erschienen und im nächsten Augenblick blitzartig wieder verschwunden, husch, weg war sie! Der Hofknecht der DelaSelvas hatte sich von seiner Verblüffung noch nicht ganz erholt, als das Auto erneut aufkreuzte und die atemberaubende Frau, irreal und unerreichbar wie eine Göttin, sich im Eingang seiner Hütte materialisierte und ihm diese fürchterliche Frage stellte.

»Was?«

»Du hast ganz richtig gehört!«

Der Mann, der, wie ich später erfuhr, Pillastre hieß (Pere-Pau Pillastre Celemín), blinzelte dreimal, schluckte und stammelte kleinlaut:

»Ich hab keinen umgebracht.«

Zwischen den beiden entstand eine lange Pause. Sie sahen sich in die Augen, sie in seine verklebten, asymmetrischen (+ –), er in ihre fachkundig geschminkten.

»Schade. Wenn du schon mal jemanden umgebracht hättest, hätte ich einen Auftrag für dich gehabt.«

Der Mann wankte, als habe ihn das einsetzende Erdbeben überrascht, während er über einen handbreiten Steg balancierte.

»Ich hab aber keinen umgebracht.«

»Hättest du Faustí Galià umgebracht, könnte ich dir einen Job für zwei Millionen Peseten anbieten.«

*Glups*! Die Erde vibrierte, die Scheiben klirrten, vom Dach rieselten Staub und Kalk, die Balken knackten.

»Ich hab aber keinen umgebracht.«

Pillastre hatte Angst, die Frau könnte eine Detektivin sein wie ich, Pistole, Knüppel und Handschellen hinter ihrem Rücken verstecken und ihn locker bezwingen, kaum dass er seine Schuld eingestanden hätte. Pillastre grauste es bei der Vorstellung, bezwungen zu werden.

»Ich hab aber keinen umgebracht.«

»Valentí Samponç«, sagte die bezaubernde Frau. »Ist jetzt ein Jahr her. In Vistabella.«

Das Erdbeben, das Pillastres Welt nun tatsächlich erschütterte, hatte die Stärke 9,6 auf der Richterskala. Niemand sonst spürte es, aber ihn haute es fast aus den Latschen. Am liebsten hätte er losgeheult.

Ein Jahr zuvor war er der Polizei nur um Haaresbreite entkommen.

»Ich bin die Frau, die du gerettet hast«, half Sílvia Foscor ihm auf die Sprünge.

Reise in die Vergangenheit. *Flashback*. Harfenklänge. Und Pillastre, der zum Zeichen, dass sein Hirn arbeitet, ein saudummes Gesicht zieht. In Schwarzweißbildern sieht man die Straße in Vistabella, einer noblen Feriensiedlung an der Costa Brava. Eine Frau, bildhübsch und sehr sexy, kommt aus einer Diskothek, ein vergammelter Trunkenbold sieht sie und setzt ihr in übler Absicht nach. (Ich schmücke das hier ein bisschen aus. Was genau passiert ist, habe ich nie erfahren.) Dieser wird von einem eleganten Herrn mit platt pomadisierten Haaren und hochnäsiger Angebervisage überholt, der ebenfalls hinter der superattraktiven, sexy Frau herläuft. Er kriegt sie zu fassen, packt sie am Arm, schüttelt sie durch, schreit sie an, knallt ihr eine und schleudert sie zu Boden. Da stürzt sich der vergammelte Trunkenbold auf den eleganten, blasierten, eitlen Herrn und verpasst ihm exakt vierundsechzig Fausthiebe. Etwa beim zweiundzwanzigsten steigt die wunderschöne Frau in ein Auto und verschwindet, ohne sich zu verabschieden. Als Pillastre bei Nummer vierundsechzig angelangt ist (er weiß selbst nicht, wieso er mitgezählt hat, er war sternhagelvoll, und unter Alkoholeinfluss macht man bekanntlich die seltsamsten Sachen), war weder von der Eleganz des feinen Herrn, der Valentí Samponç hieß, noch von seiner eitlen Fratze viel übrig.

Man brachte ihn ins Krankenhaus, das er erst zwei Monate später wieder verließ. Valentí Samponç hatte keine Erinnerung an das, was da über ihn hereingebrochen war, Pillastre jedoch rechnete jeden Tag damit, von der Polizei abgeholt zu werden. Die geflüchtete Schönheit hatte ihn ganz genau gesehen, für die Polizei wäre es ein Leichtes, ihn zu identifizieren, denn er war vorbestraft. Er gab Arbeit und Wohnung in dem Ferienort auf und nahm die Pächterstelle an, die ihm Jacint DelaSelva in seinem Landhaus angeboten hatte. Mit der Zeit kam er zu dem Schluss, dass die Frau ihn nicht erwähnt und der Polizei auch nicht beschrieben hatte, dass ihn also niemand verfolgte.

Und wer hätte das gedacht – Gegenwart in Technicolor – da hatte die Venus ihn schließlich doch gefunden! Wer weiß, ob sie nicht seit jener Nacht auf der Suche nach ihm war, um sich für seinen Einsatz zu bedanken.

»Ich hab keinen umgebracht. Valentí Samponç ist nicht gestorben.«

»Und Faustí Galià?«

Da nickte Pillastre, den die Finanzofferte nun allmählich doch überzeugte.

»Ein Job für zwei Millionen Peseten, sagen Sie?«

»Zwei Millionen Peseten«, bestätigte Sílvia Foscor.

Schon spürte der Mann die Nachwirkungen des Erdbebens unter seinen Füßen.

»Und was soll ich dafür tun?«

»Das, was du so gut kannst!« (Als würde sie sagen: »Wir verstehen uns schon!«)

»Einverstanden. Kommen Sie rein! Reden wir!«

Angesichts seiner Bereitwilligkeit, auf ihren Vorschlag einzugehen, bereute sie plötzlich, hingefahren zu sein und diese Geschäftsverhandlung mit dem Quasi-Kong angefangen zu haben. Über Sílvia Foscors Körpergröße, ihren hochmütigen Blick und die Selbstsicherheit, die sie an den Tag zu legen pflegte, vergaß man leicht, dass auch sie ein menschliches Wesen war. Und dass sie manchmal (ziemlich oft sogar) über ihre unbedachten Vorstöße in Verwirrung geriet und wieder einen Rückzieher machte.

Diese Reaktion leite ich aus den ersten Worten ab, die ich unter dem Fenster kauernd aufschnappen konnte:

»Wenn Sie wollen, zeig ich's Ihnen, okay?«, sagte Pillastre. »Ich zeig's Ihnen! Soll ich's Ihnen zeigen? Ich zeig's Ihnen!«

Sie muss also, als sie ihn einwilligen hörte (»Einverstanden, kommen Sie rein, reden wir!«), so etwas gesagt haben wie:

»Nein, wissen Sie was? Vergessen wir's! Ich hab nichts gesagt!«

»Wieso nichts gesagt? Was heißt hier vergessen?«

Sílvia wich einen Schritt zurück.

»Ich hab nichts gesagt, gar nichts hab ich gesagt, verzeihen Sie!«

Sie wollte sich davonmachen, in ihren schützenden Volvo flüchten und noch einmal dieser Szenerie entfliehen, doch Pillastre war nicht gewillt, sie entwischen zu lassen. Er hielt sie am Ärmel fest.

»Sie sind völlig richtig bei mir! Sie haben mir zwei Millionen geboten!«

»Nein, nein!« Sílvia ließ erste Anzeichen einer Hysterieattacke erkennen. »Sie schaffen das nicht!«

Die unerwartete Abwehr der Schönen machte das Biest nur noch gieriger. Vor ein paar Minuten hatte sie Ja gesagt und er Nein. Jetzt, da sie Nein sagte, sagte er Ja. Soll vorkommen.

»Und ob ich das schaffe! Ich hab das schon einmal gemacht!«

»Lassen Sie mich los!«

»Kommen Sie rein und ich beweise es Ihnen!«

»Nein, nein, ich hab mich geirrt!«

»Sie haben sich nicht geirrt! Ich bin Ihr Mann! Soll ich's Ihnen beweisen? Ich beweise es Ihnen, ja? Soll ich Ihnen zeigen, was ich habe?«

»Nein, nein, nicht nötig...«

Dieses Gezerre war das Erste, was ich mitbekam, als ich geduckt unter dem Fenster Stellung bezog.

»Wenn Sie wollen, zeig ich's Ihnen, okay? Ich zeig's Ihnen! Soll ich's Ihnen zeigen? Ich zeig's Ihnen!«

Und sie:

»Nein, wirklich nicht, nicht nötig...«

Doch sie gab allmählich nach. Sie ließ sich ins Innere der stinkenden Hütte ziehen und sah bangen Herzens zu, wie Pillastre mit sicherem Griff eine Pappschachtel unter einem Tisch hervorholte und ihr einige Dokumente entnahm.

»Ich glaube Ihnen ja!«, schrie Sílvia, als fürchte sie, der Karton könnte eine amputierte Hand, ein bluttriefendes Herz oder etwas in der Art enthalten.

Nichts dergleichen. Es war eine Brieftasche. Und aus der Brieftasche kamen Visitenkarten, Kreditkarten, ein winziger Terminkalender und verschiedene Papiere zum Vorschein.

Und zwischen alldem ein Personalausweis. Ein amtlicher Personalausweis auf den Namen Faustino Galià Lozano.

»Ganz klar, dass das Galià gehört, oder nicht? Hier, sehen Sie, hier steht's: Faustino Galià!«

Während ich zur Aktion schritt, ging die Diskussion wahrscheinlich weiter. Sílvia bedauerte immer mehr, ihrem Impuls nachgegeben und diesem Fremden einen so unbesonnenen Vorschlag gemacht zu haben, während dem Fremden die Aussicht auf die zwei Millionen immer verlockender erschien. Um was es sich denn handele, um was es sich denn handele. Und sie: Um gar nichts, um überhaupt nichts. War es an dieser Stelle, dass Sílvia ihm sagte, sie wohne im Hotel Cantonada? Möglich. Kann aber auch später gewesen sein.

Jedenfalls sah sich dieser ständig wiederholte Wortwechsel mit einem Mal vom aufgeschreckten Gegacker der Hühner und dem munteren Muhen der vier draußen herumspazierenden Kühe unterbrochen.

Pillastre stieß einen Fluch aus und rannte hinaus. Als er sein Vieh in Freiheit sah, entfuhren ihm noch ein paar Gotteslästerungen.

»Was ist denn hier los?«

Sílvia kam verwundert hinter ihm her.

»Was ist passiert?«

»Die Kühe sind abgehauen!«

Er begann zu rufen, zu pfeifen und hin und her zu rennen, um die Tiere zurück in den Stall zu scheuchen. Sílvia, die das Spektakel weder besonders ergreifend noch sehr erbaulich fand, zog ein säuerliches Gesicht und ging wieder hinein, vielleicht, weil sie ihre graue Tasche holen wollte, die noch in der verwahrlosten Baracke lag.

Sie hatte nicht erwartet, mich dort anzutreffen. Und ich hatte nicht erwartet, dass sie mich dabei erwischen würde, wie ich mich des Ausweises von Faustí Galià bemächtigte. Wir zuckten beide zusammen, nur dass sie zusätzlich noch einen gellenden Schrei ausstieß.

Einen plötzlichen unwillkürlichen Schreckensschrei. Einen Schrei, wie er dir entfährt, wenn du eine Tarantel zwischen den Laken entdeckst oder dir jemand auf die Schulter haut und *Buh!* ins Ohr macht. Kein Schrei nach Pillastre oder um Hilfe, trotzdem ließ er mir das Blut in den Adern gefrieren und mich zur Tür stürzen.

Ich hielt den Beweis, der Faustí Galiàs Mörder überführte, in meiner Hand! Mission erfüllt!

Wie ein Rammbock stürmte ich auf den Ausgang zu, überrannte Sílvia Foscor, die mit dem Hintern in einen Kuhfladen fiel, und machte drei Sätze auf die Pinie zu, unter der ich mein Fahrrad zurückgelassen hatte.

Drei Sätze. Beim vierten erkannte ich, dass ich Pillastre geradewegs in die Arme rannte. Direkt auf seine wilde Fratze, seine Riesenhände, seinen titanischen Brustkorb, diese ganze kompakte Masse Bosheit zu. Ich stemmte die Hacken in den Boden, drehte mich auf dem Absatz herum und setzte meine Flucht in entgegengesetzter Richtung fort. Aufs Geratewohl versuchte ich, in der unvertrauten Umgebung einen Ausweg zu finden. Mir war, als habe ich mich in einem Labyrinth verlaufen und würde von einem wütenden Irren verfolgt. Ich konnte seine schweren Tritte, sein krankhaftes Schnauben hinter mir hören.

Dabei konnte ich nicht ahnen, dass Sílvia Foscor sich inzwischen wieder aufgerappelt, ihre graue Ledertasche geschnappt und sich dem Wettlauf angeschlossen hatte.

Labyrinthe haben Sackgassen und dieses bildete keine Ausnahme.

Wie der Tiefe des Erdinnern entwachsen, erhob sich vor mir plötzlich eine Mauer. Ich wollte noch kehrtmachen, aber Pillastre war nur noch einen Meter von mir entfernt, einen halben Meter. Erinnert ihr euch an das Gefühl der Verzweiflung, das einen packt, sobald man beim Fangenspielen die Finger des Verfolgers ganz dicht am Rücken spürt? Also wenn ihr dieses Gefühl mal tausend nehmt, werdet ihr feststellen, dass das Ergebnis in etwa dem entspricht, was man gemeinhin auch als nackten Horror bezeichnet.

*Paff!*, die Pranke des Monsters krachte mir in den Nacken, und auch ohne dass er mir *Buh!* ins Ohr rief, schrie ich auf.

Ich fühlte mich herumwirbeln wie ein Kreisel und fand mich wieder Auge in Auge mit der grotesken Visage, dem asymmetrischen Blick (+ –), diesem ganzen Ausbund an elementarer Gewalt.

Und hinter ihm, ihn leicht überragend, Sílvia Foscor, eine Mistschaufel schwingend, drauf und dran zuzuschlagen.

Ich dachte: Einer nach dem anderen! Schlagt mich doch nicht alle auf einmal!

Und, *tschong!*, ein ohrenbetäubendes Scheppern. Pillastre nickte mit dem Kopf, ein energisches, entschlossenes, sehr überzeugtes Nicken, ein so nachdrückliches Jawohl!, dass sein Kinn von der Brust abprallte und sein Blick von ganz unten bis hoch in den Himmel schnellte. Der Rückstoß riss ihn hintenüber, und er krachte so k. o. zu Boden, dass er den Aufprall schon nicht mehr mitbekam.

Sílvia Foscor hatte mir soeben das Leben gerettet.

Was tut man in so einem Fall? Dankbar lächeln, ihr die Hand schütteln und sagen: »Uff! Was willst du trinken? Ich geb dir einen aus!«

Ich weiß nicht, was ich gesagt hätte, denn noch ehe ich reagieren konnte, hatte das Topmodel die Hand in ihre graue Ledertasche gesteckt, eine Pistole im Spielzeugformat herausgenommen und zielte auf mich.

Das war schon das zweite Mal an diesem Tag, dass jemand mich mit einer Schusswaffe bedrohte, aber ich garantiere euch, so richtig gewöhnt man sich nie daran. Ich lächelte nicht, griff nicht nach ihrer Hand (ganz im Gegenteil!) und wusste auch nichts Passendes zu sagen.

Sie war es, die redete.

»Hau ab hier!«, rief sie, völlig außer sich. Und ich glaube, sie fügte noch hinzu: »Mach dich weg, du Arschloch!« Doch, doch, ganz bestimmt hat sie das gesagt.

Ich versuchte stammelnd zu verhandeln, ihr klar zu machen, dass wir Freundinnen sein könnten, weil, wenn der Pillastre ihr Feind war, wir ja beide auf derselben Seite stünden, weil die Feinde meiner Feinde meine Freunde seien… Doch ließ sie mir weder Zeit für Argumente noch Zugeständnisse. Sie riss mir Faustí Galiàs Ausweis aus der Hand und feuerte ihre Pistole ab.

Sie war geladen! Ich schwöre euch, sie war geladen, und die Kugel sauste gen Himmel, dass die Schwalben erschraken.

Ich sprang in die Luft, als wollte ich hinter dem Geschoss her, während mir Lungen und Magen nach unten wegsackten. Ich weiß nicht, ob ihr versteht, was ich meine, ein gräuliches Gefühl von Fieberhitze, Eiseskälte und schwerer Krankheit. Kreidebleich und brandrot, innerlich kochend und frierend, zitternd und steifbeinig rannte ich wie wild zu meinem Bike und radelte davon, krampfhaft, frenetisch, zum Horizont, in die Freiheit.

Drittes Kapitel

# Lassen wir Sílvia Foscor mal einen Moment beiseite

**1** Ich aß spät, hastig und schlecht zu Mittag, ein ketschup-überkleistertes Menü, das Manuel Vázquez Montalbáns Feinschmecker-Detektiv Pepe Carvalho den Magen umgedreht hätte. Während ich futterte, suchte ich im Telefonbuch von Girona unter dem kleinen Dorf Tos den Namen Olvan. Ich fand ihn zweimal. Aber weder Olvan, Felicitat noch Olvan, Felisa noch Olvan, F. Ich probierte es mit Olvan, Montserrat.

»Ja?«

»Kennen Sie Felisa Olvan?«, fragte ich die weibliche Stimme im Hörer rundheraus.

»Nein. Da sind Sie falsch verbunden.« Sie schickte sich an aufzulegen.

»Nein, warten Sie! Ich meine nicht, dass Felisa Olvan unter dieser Adresse wohnt, aber es könnte ja sein, dass Sie irgendeine Verwandte haben, die Felisa heißt ...«

Argwohn.

»Sind Sie die junge Dame, die vorgestern angerufen hat?«

Sílvia Foscor, vermutete ich. Logischerweise hatte sie es selbst zuerst per Telefon versucht, bevor sie sich an Rodri Zamorano wandte.

Um Zeit zu schinden, bis mir ein guter Bluff einfiele, hakte ich aber noch einmal nach:

»Meinen Sie eine, die *ötwö so, ölles möt ö spröcht*?«

»Ja, genau«, sagte sie und bewies mir damit, dass ich ins Schwarze getroffen und eine perfekte Imitation geliefert hatte.

»Wahrscheinlich meine Kollegin Sílvia!« Ich verfiel in einen supernetten Ton. »Ich bin vom Einwohnermeldeamt Tos. Es handelt sich um die Grundstücksenteignungen im Zusammenhang mit der Erweiterung des Industriegebiets von Tos. Da geht es um die Verteilung etlicher Millionen und darum versuchen wir, Felisa Olvan ausfindig zu machen.«

*Knete!*

Aus Romanen habe ich gelernt, dass es von großem Nutzen ist, Geld ins Spiel zu bringen, wenn es darum geht, einem Unbekannten wichtige Informationen zu entlocken.

»Ich habe eine entfernte Cousine, die heißt Felisa«, sagte die Frau zögerlich, mit Bedacht. (Und ich: *Bingo*!). »Sie lebt aber nicht in Tos.«

»Wissen Sie, wo ich sie finden kann?«

»Nein. Sie und ihre Familie sind schon seit Jahren fort. Sie haben hier keinen Grundbesitz mehr. Aber wir, wir haben noch welchen. Vielleicht verwechseln Sie uns ... Ich bin Montserrat Olvan ...«

Ihrem Ton entnahm ich, dass die Familie Olvan in zwei unversöhnliche Fronten gespalten war.

»Nein, nein«, beharrte ich, »hier steht *Felisa* Olvan.«

»Felisas Eltern, Verwandte meiner Eltern, sind vor zehn Jahren von Tos weggezogen und seitdem haben weder sie noch Felisa sich je wieder hier blicken lassen. Sie wohnen jetzt in Barcelona. Früher hatten sie hier etwas Land, das stimmt schon, aber das haben sie an uns verkauft. Da muss wohl ein Irrtum vorliegen. Es sei denn ...?« Oje, schlimme

Befürchtung! Ein Verdacht hatte sie überkommen: Dieses Pack ist zu allem fähig! Sie klang jetzt fuchtig: »Oder soll das heißen, die hätten uns nicht alles verkauft? Bedeutet das, die besitzen hier noch was?«

»Davon habe ich keine Ahnung, Frau Olvan. Ich befolge nur meine Anweisungen. Haben Sie die Adresse von Felisa Olvan in Barcelona?«

»Nein.« (*Ich werd mich hüten!*) Wenn sie sie gehabt hätte, hätte ich sie trotzdem nicht bekommen.

»Und Felicitat Olvan?«

Schweigen.

»Wissen Sie etwas von Felicitat Olvan?«

»Das ist doch dieselbe«, sagte sie dann misstrauisch. »Die Felisa, die ich kenne, heißt Felicitat. Sie wird nur Felisa gerufen.«

Ihr Ton schien mir jetzt sehr herausfordernd, als müsse ich das ihrer Ansicht nach eigentlich wissen. Es ist ja auch nicht einleuchtend, dass einem Amt der Kosename ihrer Verwandten bekannt sein sollte, der offizielle aber nicht. Ich beendete also das Gespräch. Für den Anfang hatte ich genug Informationen (den Anfang von was?).

»Gut, vielen Dank für Ihre Unterstützung, Frau Olvan! Schönen Tag noch!«

Ich wählte die zweite Nummer und war noch einmal mit derselben Stimme verbunden, die mich per Anrufbeantworter darauf hinwies, dass die Fußpflegepraxis Montse (*sic*) Olvan um diese Zeit geschlossen war.

Als ich das Fastfood-Restaurant verließ, begegnete mir ein zierlicher Herr, der mir einen roten Fisch schenkte.

Der Herr war klein mit einem sehr großen Kopf, hinter seiner fingerdicken Brille wirkten seine Augen riesig und durchdringend, und er verzog angewidert den Mund, als störe ihn das Licht. Er trug ein marineblaues Jackett mit zwei Reihen Goldknöpfen, graue Flanellhosen, weißes Hemd und eine weiß gepunktete blaue Krawatte und hielt eine durchsichtige, mit Wasser gefüllte Plastiktüte in der Hand, in der ein roter, finster dreinblickender Fisch schwamm.

»Teresa Pi? Das ist für Rodrigo Zamorano!«

Ich wollte abwehren, doch es half nichts. Das Männlein war wie ein Roboter ohne Rückwärtsgang. Taub, stumm und blind drückte es mir den Beutel in die Hand, drehte sich auf dem Absatz um und überquerte die Straße, ohne nach rechts oder links zu sehen.

Ein mit Ziegelsteinen beladener Lastwagen hätte ihn um ein Haar über den Haufen gefahren.

Der Lastwagenfahrer war zu Tode erschrocken.

Das Roboterchen nicht. Das Roboterchen zuckte mit keiner Wimper.

## 2

Ich musste mit diesem roten Fisch in der Hand, der guckte, als sei mit ihm nicht gut Kirschen essen, zur Kaserne der Guardia Civil.

Nachdem in Tos seit Jahr und Tag eine ebenso vollkommene wie unnatürliche Ruhe geherrscht und kein Mord oder Raubüberfall, nicht einmal eine Prügelei unter Betrunkenen oder ein Verkehrsunfall den friedlichen Alltag gestört hatten, war über das Dorf eine Art biblische Plage hereingebrochen. Kunstfälscher, Entführer von Fußballspielern (und deren Freundinnen), Menschenhändler, Mörder, Brandstifter und Zugsaboteure hatten sich wie zu einem vergnüglichen Kongress des internationalen Verbrechertums in all seinen Erscheinungsformen in der kleinen Ortschaft der Region Empurdà eingefunden.

Nichtsdestoweniger machte die Kaserne der Guardia Civil keinen besonders betriebsamen Eindruck.

Keine gestresst umherhetzenden Männer, keine markig erteilten Befehle, kein Beamter, der hastig seine letzten Ermittlungsergebnisse hervorhechelte. Denn Capità Melquíades Barreno, außer sich vor Glück über die Verantwortung, die mit einem Mal auf ihm lastete, fühlte sich als Held weltbewegender Ereignisse und wollte alles ganz allein machen.

Der übermäßige Frieden und der Mangel an Anzeigen und Polizeiprotokollen hatten dazu geführt, dass Capità Barreno schon mehrfach von seinen Vorgesetzten gemahnt worden war, weil diese mutmaßten, er käme seinen Pflichten nicht ordentlich nach. Außerdem sollte die Guardia Civil ihre Zuständigkeiten in der Provinz Girona just zu diesem Zeitpunkt an die *Mossos d'escuadra,* die katalanische Polizei, abtreten, was für den Capità einer Art unehrenhaften vorzeitigen Pensionierung gleichkam. Nicht allein die Schmach, als der Beamte der Guardia Civil in die Annalen einzugehen, der niemals einen Verbrecher zur Strecke gebracht hat. Zu allem Überfluss würden die Mossos d'escuadra hier ankommen und das Dorf in eine gesetzlose Goldgräberstadt verwandelt vorfinden. Kam überhaupt nicht in Frage! Jetzt, da sich ihm die Chance bot, war Capità Barreno entschlossen, sich seine Lorbeeren zu verdienen und alle Fälle höchstpersönlich zu lösen, ohne jegliche Hilfe und ohne dass ihn irgendjemand in den Schatten stellen konnte. Wie der Matador, der seine Männer aus der Arena schickt: »Lasst mich allein!«

Und so hingen bei meinem Eintreffen nur gelangweilte

Polizisten in der Kaserne herum, tranken Kaffee, knobelten oder diskutierten die neuesten Sportergebnisse, während Capità Barreno auf der anderen Seite der Tür, eingeschlossen in seine Amtsstube, auf dem besten Weg war, sich einen Herzinfarkt einzuhandeln: Er prügelte mit der Faust auf den Tisch ein, verhedderte sich in dem Papierwust, der nach und nach seinen Schreibtisch überflutete, und telefonierte auf zwei Leitungen gleichzeitig (auf der einen machte er einen unfähigen Untergebenen zur Schnecke, auf der anderen rechtfertigte er sich in bescheidenem, gemessenem Ton vor einem besonders bissigen Vorgesetzten.)

Soeben war die Bestätigung der technischen Gutachter eingegangen, dass die Entgleisung des Zuges von Girona nach Figueres vorsätzlich verursacht worden war.

Die Saboteure hatten fünfzehn Schrauben aus den Schwellen gelöst, mit einem Trick (den ich hier nicht verrate, damit nicht einer meiner Leser auf die Idee kommt, ihn nachzumachen) verhindert, dass auf den Bahnhöfen von Girona und Figueres der Alarm losging, und mithilfe einer geeigneten Säge das Gleis durchtrennt. Anschließend hatten sie das eine Ende eines Stahlseils an die zersägte Schiene und das andere an ein leistungsstarkes Fahrzeug gebunden (möglicherweise ein Auto mit Allradantrieb) und mit aufheulendem Motor und dem Gestank verbrannter Reifen das Eisen etwa eine Handspanne weit weggebogen.

Gleich hinter dem Tunnel schoss der Nahverkehrszug aus der Kurve, raste plötzlich mit katastrophalem Gerüttel über ein Luzernenfeld, die Lok bohrte sich in den weichen Boden und sämtliche Waggons wurden unter höllischem Getöse auf die Seite geschleudert. Wie durch ein Wunder war niemand zu Tode gekommen, doch sprach man von mehr als zehn lebensgefährlich und über dreißig weniger schwer Verletzten sowie etlichen leicht Verletzten.

Und damit nicht genug, musste ausgerechnet zur selben Zeit oben auf dem Penyal ein Waldbrand ausbrechen, sodass die örtliche Feuerwehr und der ärztliche Notdienst völlig überlastet waren. Das Einzige, was jetzt noch fehlte, war diese Göre mit einem Fisch in einem Plastikbeutel voll Wasser, die irgendetwas von einem Mord schwafelte.

»Ein Mädchen?«, schnauzte Capità Barreno entnervt.

»Naja, so'n Teenie. Sie kennen sie schon. Die mit dem blauen Auge, die vorgestern Abend wegen der Sache mit Manolo Due hier war. Dieses Gör, das Detektivin spielt.«

Der Capità hob den Blick zur Decke und schüttelte heftig den Kopf, bis er vollkommen verstrubbelt war.

»Soll ich sie abwimmeln?«, erbot sich der Guardia.

»Nein!« Melquíades Barreno wollte sich nicht nachsagen lassen, dass die Aufklärung eines Falles an seiner Ungeduld gescheitert sei. »Schick sie rein! Sag ihr, sie hat nur eine Minute, aber sie kann reinkommen.«

Ich trat ein, bereit, sehr schnell zu reden.

»Was zum Teufel ist denn das?«, rief der Capità aus.

»Ein Fisch«, antwortete ich. Das war offensichtlich.

»Ist der hässlich!«

Er versuchte, Zeit zu gewinnen. In diesem Augenblick hatte er weder eine Sekunde noch ein einziges Neuron für mich übrig, aber ich sollte nicht sagen können, er hätte mich ignoriert, als ich ihm die Lösung eines Mordfalls auf dem Silbertablett präsentierte.

»Ich weiß sogar, wo sie die Leiche von Faustí Galià hingeschafft haben, wo er begraben ist und wer ihn unter die Erde gebracht hat!«, fasste ich das Resultat meiner Ermittlungen knapp zusammen.

»Kannst du das, was du da sagst, denn auch beweisen?«, erkundigte er sich sehr freundlich, verdächtig freundlich.

»Nein, aber ich weiß, wer Beweise hat.«

»Na, großartig!«, rief er aus, während er zur Tür eilte, sie aufriss und mir zeigte, wo der Zimmermann das Loch gelassen hat. »Dann mach dich dahin, wo diese Beweise sind, und schaff sie her! Solange ich keine Beweise sehe, gedenke ich nicht, mich von der Stelle zu rühren! Und jetzt zisch ab!«

Es war mein erster Mordfall. Ich konnte unmöglich einfach so aufgeben.

Ich gab tatsächlich nicht auf und konnte ihn am Ende aufklären.

## 3

Rodri saß mit dem Rücken zur Tür auf seinem Drehstuhl vor dem großen Fenster, betrachtete das Dorf zu seinen Füßen und telefonierte.

»Du weißt doch, wie Tres ist!«, sagte er gerade, als ich hereinkam. »Ich hab's ihr versprochen, jetzt kann ich nicht kneifen.« Er sprach mit seiner Frau, die ihm kein Wort glaubte. »Aber natürlich geht sie gern in den Zirkus, Cristina, ich bitte dich! Sie ist doch noch ein Kind!« Das fuchste mich am meisten. »Wenn du willst, bringe ich dir die Eintrittskarten mit, damit du siehst, dass ich dort war! Sie liegen hier vor mir …«

Tatsächlich lagen auf dem Schreibtisch Eintrittskarten für den Zirkus, und als er sich umdrehte, um sie in die Hand zu nehmen und so vielleicht überzeugender zu klingen, entdeckte er mich. Ich sah ihn vorwurfsvoll an.

»Hör zu, Cristina«, beendete er das Gespräch, »ob du es glaubst oder nicht, heute Abend gehe ich in den Zirkus und damit basta! Und jetzt entschuldige mich, ich habe zu tun!«

Er legte auf.

»Was soll der Mist mit dem Zirkus?«, motzte ich ihn an.

»Damit hast du nichts zu tun!«, beschied er mich kurz angebunden. »Ich muss aus dienstlichen Gründen in den Zirkus und habe Cristina gesagt, ich gehe mit dir! Funk du mir jetzt nicht dazwischen!«

Um meiner Fassungslosigkeit Ausdruck zu verleihen, fauchte ich verächtlich dazwischen: »In den Zirkus?!« – »Aus dienstlichen Gründen?!« – »Dass ich dir nicht dazwischenfunke?!«

»Was mich ankotzt, ist, dass du mich als Alibi benutzt, um deine Frau zu betrügen!«, erklärte ich, als er einen Moment den Mund hielt.

Sein Schweigen hielt an. Wenn er hatte Luft holen wollen, war ihm der Atemzug in der Kehle stecken geblieben. Seine Augen wurden zu Spiegeleiern. Er konnte den Blick nicht von dem Plastikbeutel wenden, den ich in der Hand hielt.

»Was ist denn das?«

»Ein Geschenk, das man mir für dich gegeben hat!«

Entsetzen erfasste ihn.

»Wer hat dir das gegeben?«

»Ein kleiner Mann mit einem dicken Kopf...«

»Mit einer starken Brille?«

»Ja.«

»O mein Gott!«, heulte mein Partner auf. »Das ist der Schlimmste! Gott, steh mir bei! Das ist der Schlimmste!«

Er riss mir den Beutel weg und schleuderte ihn in wilder Zerstörungswut zu Boden. Die Wasserbombe platzte mitten auf dem Teppich, wo das Fischlein mit zuckender Schwanzflosse liegen blieb und und mit dem Tode rang.

»Das ist ein Piranha!«, schrie Rodri hysterisch.

Und er trat darauf, wie man eine Spinne tottritt. Es war ekelhaft. Patsch! Er trat so ungestüm zu, dass er ausrutschte und auf den Hintern fiel, was seine Laune nicht verbesserte. Taumelnd und mit den Armen rudernd, kam er wieder auf die Füße, und einen Moment lang fürchtete ich, er würde mir an die Gurgel gehen.

»Und was willst du jetzt von mir? Kannst du nicht mal aufhören, mir auf die Nerven zu gehen?«

Ich entgegnete laut schreiend, um nicht hinter ihm zurückzustehen:

»Ich will, dass du mir hilfst, einen Mordfall zu lösen, Rodri! Denn während du dir den Luxus erlaubst, alle Jobs abzulehnen, die man uns anbietet, arbeite ich an einem Mordfall! Man hat Faustí Galià umgebracht und seine Leiche verschwinden lassen und offenbar interessiert das niemanden!«

»Ich hab dir schon tausendmal gesagt, dass ich kein Filmdetektiv bin!«

Wir zeterten wie Fischweiber auf dem Markt (der von dem zermatschten Fisch aufsteigende Geruch gab die entsprechende Atmosphäre). Ich stelle mir vor, wie uns Irene und Titi durch die Wand brüllen hörten und zu Salzsäulen erstarrten. »Morde sind Sache der Polizei!«

»Bei der Polizei war ich schon, aber die wollen Beweise von mir!«

»Natürlich wollen die Beweise sehen! Wenn du von so ernsthaften Dingen redest, dann zählen nur Beweise, Kind! Gibt es keine Beweise, steht dein Wort gegen das von irgendjemand anderem.«

»Und solange ich die Beweise nicht beschaffe, gedenkst du dich nicht aus dem Sessel zu rühren? Gedenkt sich denn *keiner* aus dem Sessel zu rühren?«

»Warum sollte mich das beunruhigen? Das ist Sache der Polizei! Wer bezahlt mich dafür, dass ich den Killer von diesem Galià finde? Und dich, wer bezahlt dich? Wieso musst du dich da reinhängen? Hast du ihn etwa gekannt, diesen Galià? Du hast deine Pflicht schon getan. Du bist zur Polizei gegangen und hast gesagt, was du weißt. Sie wollen nicht auf dich hören? Ihr Bier.«

»Ihr Bier? Wie kannst du nur sagen, das ist ihr Bier?«

Ich hasse diesen unsolidarischen, abfälligen Spruch! Entmutigt beschloss ich jedoch, alles hinzuschmeißen: Rodri und seine Spinnereien, den Mord an Faustí Galià und jedes andere Problem, das nicht in meinem eigenen Interesse lag. Im Klartext: So unausstehlich ich es auch finde, wenn jemand Verantwortung ausweicht und sich damit herausredet, es sei nicht sein Problem, war ich dennoch bereit zu verdrängen, was ich für meine Pflicht hielt, indem ich mir einredete, es sei nicht mein Problem.

Da sagte Rodri zu mir:

»Geh du lieber zu deinem Manolo Due, der scheint seit gestern Abend wie verrückt nach dir zu suchen.«

Was mich erneut mit meinen Beziehungsproblemen konfrontierte, die ja weiß Gott kein Pappenstiel waren!

Ich ging zum Fußball.

## 4

Zu jener Zeit war mein Liebesleben beinahe so bewegt wie mein, sagen wir, Berufsleben.

Ich hatte einen Freund (naja, was heißt Freund, er war auf demselben Gymnasium und für mich mehr-als-ein-Schulkamerad-aber-kein-richtig-Fester, der mich *Schnäbelchen* nannte und mir immer zum ungelegensten Zeitpunkt an den Hintern fasste): mein wuschelhaariger, schüchterner, süßer, verträumter, stoffeliger Toni Lumpazivagabundus. Eine Art Kumpel, der sich mit der in unserem Alter so bedeutsamen Frage der Verliebtheit schwer tat, und um den ich mich, ehrlich gesagt, nicht so kümmerte, wie er es verdient hätte. Wir wussten, dass wir uns aufeinander verlassen konnten, aber als ein unzertrennliches, verschmustes, ständig aneinander klebendes Paar konnte man uns nicht gerade bezeichnen. Wäre ich gefragt worden, hätte ich einräumen müssen, dass ich auf Toni nicht eben angewiesen war, der immerhin den berühmten, steinreichen Adonis Manolo Due (Stürmer beim FC Barcelona), den tapferen, leidenschaftlichen Titi und den romantischen großen Unbekannten *So liebevoll verliebt* zu Nebenbuhlern hatte. Sogar den scheuen, unscheinbaren Miquel Dürrrappel-Fahrradnase, der mir immer etwas sagen wollte und sich nie traute.

Der Fußballstar des Barça, der in einem Riesenschlamassel steckte, seit sein Brief mit einem Scheck über zehn Millionen Peseten auf dem Postweg verloren gegangen war (was ich in *Tres Catorze irrt sich* schon genau erzählt habe), hatte sich darauf beschränkt, Notiz von mir zu nehmen und drei Worte mit mir zu reden. Und das hatte schon genügt, mir den Kopf zu verdrehen!

Titi in seinem Outsider-Look, mit seinem Ohrring und

seinen gewitzten Augen, der Junge, der uns in der Agentur bei Beschattungen und Beobachtungen zur Hand ging, hatte am Tag zuvor entdeckt, dass er unsterblich verliebt in mich war, und sich nicht zurückhalten können, mir einen spontanen, tollkühnen Kuss aufzudrücken.

Über *So liebevoll verliebt* seid ihr ja schon im Bilde. Das ist der, der mich immer anrief, um mir Verse zu rezitieren, und mit dem ich für den nächsten Tag in der Pizzeria Ente in Dalt Vila verabredet war.

Zunächst einmal gehörte der Nachmittag dieses langen Tages, den ich euch hier schildere, aber dem Fußball und dem Abschluss des spannenden Abenteuers um Manolo Due und seine gekidnappte Freundin.

Am Abend im Barça-Stadion fing das fragile Kartenhaus meines Liebeslebens an, in sich zusammenzusacken.

Als Erstes musste ich mich der Evidenz beugen, dass die Liebe zwischen Manolo Due und mir keine Erfüllung finden konnte. Ein flüchtiger Traum. Klar, du Gans, wie konntest du auch auf so eine Idee verfallen?!

Ich sehe mich noch tanzen, mit ihm, Ferrer, Stoichkov, Celades, Nadal, fröhlich herumspringen (das waren die glorreichen *Dream-team*-Zeiten unter Johan Cruyff) und fühle wieder, wie meine Augen nach diesem ersten und letzten und einzigen Kuss zwischen Manolo Due und mir immer trüber und trauriger wurden, je näher der unweigerliche Abschied rückte. Manolo Due und ich könnten Freunde sein, und er würde den Gefallen, den ich ihm erwiesen hatte, niemals vergessen, aber weiter nichts.

Logo, was hast du dir denn bloß gedacht, Tres?

Und da drehe ich mich um, strahlend und noch immer den portugiesischen Fußballstar in den Armen, und schaue plötzlich direkt in die desolaten Augen meines Toni-Liebsten, der total am Schwimmen war…

Armer Toni. Ich, die ich immer behauptet hatte, ich könnte mit Fußball nichts anfangen, mich geweigert hatte, ihn ins Camp Nou zu begleiten, und mich beschwerte, wenn er lieber ein Derby sehen wollte, als mit mir spazieren zu gehen, ich, die ich mit keiner Silbe reagiert hatte, als er ankündigte, dass er am Abend zum Spiel gehen würde, ich war dort, tanzte und hüpfte mit seinen Fußballidolen, als wäre ich die Braut der ganzen Mannschaft! Ihm rutschte das Herz in die Hosen.

Er machte auf dem Absatz kehrt und rannte davon.

Auch mir rutschte das Herz in die Hosen. In diesem Moment begriff ich, dass unser Kommunikationsmangel und meine Überschwänglichkeit drauf und dran waren, mir die einzige verlässliche Liebe zu verscherzen, über die ich verfügte.

»He, warte, Toni, warte!« Ich hastete hinter ihm her, wobei ich mich mit den Ellbogen durch die siegestrunkene Menschenmenge boxte. »Toni, komm zurück! Toni, du Blödmann, komm her, ich liebe dich doch!«

Er tauchte im Meer der Barça-Fans unter. Und als ich innehielt und mich bemühte, ihn durch meinen Tränenschleier auszumachen, legte mir jemand die Hand auf die Schulter.

Toni???

Nein. Es war der Schulkamerad, den ich Miquel Dürrrappel-Fahrradnase nenne, ein Name, der ihn ziemlich gut beschreibt. Er war ein knochiger, flatteriger Junge mit gehetztem Blick, der sich immer hinter einem Buch versteckte. Irgendwann hatte sich mal jemand auf ihn als »Der mit der Nase« bezogen, und jeder hatte sofort gewusst, wer gemeint war.

Da stand er nun also vor mir, so nervös, verklemmt und durcheinander wie üblich. Was wollte er?

»Tres…«, sagte er. »Was ist denn los mit dir, Tres?«

Ich musste Toni finden und konnte diesen Jungen überhaupt nicht gebrauchen. Ich mag es nicht, wenn man mich weinen sieht.

»Nichts, gar nichts. Entschuldige…«

»Nein, du musst entschuldigen…«

Er hatte mir etwas zu sagen, aber das begriff ich nicht. Ich hatte nur Toni im Kopf.

»Es ist wegen dem blöden Toni!«, entfuhr es mir. Ich musste es jemandem sagen oder ich platzte. »Er ist sich meiner einfach zu sicher! Er legt sich kein bisschen ins Zeug, um mir zu gefallen, mir mal eine Freude zu machen…!«

Ich gab ihm die Schuld an vergangenem, aktuellem und künftigem Unheil jeglicher Art, weil mir im Grunde vollkommen klar war, dass alle Schuld bei mir lag. Ich nehme an, ich hätte noch stundenlang über Toni vom Leder ziehen können, doch Miquel Dürrrappel-Fahrradnase bremste mich:

»Ist mir scheißegal, was du mit dem Toni hast!«, unterbrach er mich so energisch, wie ich es ihm niemals zugetraut hätte.

»Was hast du denn? Was willst du?«, fauchte ich ihn an, feindselig wie eine militante Tierschützerin.

»Nein, ich… Ich wollte nur sagen…, dass ich dich mit Sílvia Foscor gesehen hab…«

»Ach ja?« Mein Interesse war schlagartig erwacht. »Und? Sag schon, was weißt du von ihr?«

Und die Arschgeige lässt mich einfach stehen! Er winkt ab (»Vergiss es, nicht so wichtig«) und ergreift regelrecht die Flucht. Schon wieder einer, der vor mir wegrannte.

»Miquel!«, rief ich verzagt. Warum laufen heute alle Männer vor mir davon?

Welchem sollte ich nachsetzen? Miquel oder Toni? Beiden konnte ich nicht hinterher, also gab ich es auf und verfolgte keinen.

Das war der Anfang vom Ende.

Ich weiß nicht, wie ich es trotz meiner emotionalen Konflikte und meines gebrochenen Herzens gedeichselt habe, am nächsten Tag, dem 4. März, den Mord an Faustí Galià aufzuklären. Ich führe das auf die erwiesene Tatsache zurück, dass Handeln das Denken und Fühlen ausschaltet. Es gibt eine Menge Leute, die wie besessen alles Mögliche machen, einen Haufen Sachen auf einmal, je zeitraubender und aufregender umso besser, um keine Angst zu empfinden, dem Schmerz zu entgehen und sich nicht vom Kummer überwältigen zu lassen. Solange du vollauf beschäftigt herumrennst, spürst du keine Trauer, keine Verlassenheit, keine Depression. Und wenn obendrein auch noch alles so klappt, wie du es dir vorgestellt hast, dich jeder beglückwünscht, der Bösewicht in Handschellen ins nächste Gefängnis gebracht wird und Capità Barreno nicht umhin kann zuzugeben, dass er *dank deines Engagements* einen Mordfall aufklären konnte, dann ist der Liebeskummer, ehrlich gesagt, wie weggeblasen, als hätte es ihn nie gegeben.

Der Nachteil ist nur, dass die Angst und die Traurigkeit, sobald die *action* gelaufen ist, erneut zur Attacke blasen. Deswegen entwickelt mancher eine Sucht nach *action*, um nur nicht denken und fühlen zu müssen. Ich habe etliche solcher Leute kennen gelernt, und ich muss sagen, ich mag sie nicht: sie sind unfähig, mit ihren Gefühlen zu leben.

Es kam also unausweichlich der Augenblick, allein zu Hause mit meiner paranoiden Großmutter, als mir mein Lumpazi und sein vorwurfsvoller Blick wieder einfielen, während ich in den Armen seines Lieblingsstürmers lag.

Ich rief ihn an. Klar.

»Toni ist nicht da«, sagte seine Mutter. »Er ist zum Sport, sich abreagieren.«

Ich ging zur Sporthalle. Doch zuvor stoppte ich noch bei der Pizzeria Ente in Dalt Vila, wo ich mit *So liebevoll verliebt* verabredet war. Ein weiterer Tiefschlag, eine herbe Enttäuschung. Während ich also die Treppen im Sportcenter hinaufhetzte auf der Suche nach meinem geliebten Toni, meinem bedingungslosen Getreuen, der Liebe meines Lebens, hatten sich die Fata Morganas um mich herum bereits in Luft aufgelöst. Meine Liebe zu Manolo Due war unmöglich. *So liebevoll verliebt* hatte sich als Schwindler entpuppt, Miquel Dürrrappel-Fahrradnase betrachtete mich gar nicht mit begehrlichen Augen, sondern weil er über Sílvia Foscor reden wollte. Und Titi …

An Titi dachte ich überhaupt nicht, während ich die Treppe im Sportcenter hinauflief.

Ich dachte nur an Toni, denn mein Freund war Toni.

Ich fand ihn verschwitzt und muskulös bei seinen Hanteln und umarmte ihn mit tagelang aufgestauter Leidenschaft, in der Hoffnung, die nachlässige Gleichgültigkeit, der ich ihn in letzter Zeit ausgesetzt hatte, mit meinem Überschwang wieder gutzumachen.

»Toni, du Esel, du hast doch wohl nicht gedacht, der Manolo Due und ich …?«

Er lachte überrumpelt und geschmeichelt, und ich lachte vor Erleichterung, als ich sah, dass ich noch immer auf ihn zählen konnte.

Ich lachte zu früh. Ich war zu voreilig.

Denn mit einem Mal stand da Marta Bufí, starrte uns an, Tränen und Untreuevorwürfe in den Augen, sagte nur »Toni!« und noch einmal mit erstickter Stimme: »Toni!« Und ich konnte es nicht fassen, weil ich – beschäftigt, wie ich war, die verschiedensten Verbrecher zu jagen, mir Veilchen einzuhandeln und zum internationalen Triumph des FC Barcelona beizutragen – nicht einmal von der Existenz einer Marta Bufí gewusst hatte, dieses bildhübschen Mädchens mit den orientalischen Augen und üppigen Lippen.

Einen Moment lang dachte ich: Was will denn die Schlampe hier? Aber das Lachen verging mir schlagartig, als Toni ausrief: »Nein, Marta, es ist nicht, was du denkst!«, zu ihr eilte, sie in die Arme schloss und tröstete, direkt vor meiner Nase, ohne dass es ihn geschert hätte, ob ich zuguckte oder nicht, was jeglichen Zweifel ausräumte, wer ihm lieber war und für wen er sich entschied.

Und wisst ihr, was ich in diesem Augenblick empfand?

Wisst ihr, warum ich euch das alles erzähle?

Weil ich mich plötzlich hässlich und verabscheuenswert fühlte.

Furchtbar hässlich, mit meiner Nase, meinem Hintern und meinem mittlerweile grünlich angelaufenen Auge.

Weil dieses Buch nicht von Guten und Bösen handelt.

In dieser Geschichte geht es um Hübsche und Hässliche.

## Viertes Kapitel

# Silvia Foscor braucht Hilfe

1 Aber wir wollen nicht dramatisieren.

Das hab ich schon zur Genüge getan, als ich mich nach Hause flüchtete.

Heulend und mich verfluchend ging ich in mein Zimmer und warf mich aufs Bett, als stürze ich mich mit einer Autobatterie am Hals kopfüber ins Meer.

Oma Tecla kam angerannt, bewaffnet mit einem Baseballschläger und ihrer ganzen Paranoia.

»Was haben sie mit dir gemacht? Warum weinst du? Haben sie dich beklaut? Bist du vergewaltigt worden? Hat man dich auf der Straße belästigt? Sag ich nicht immer, du sollst dir eine Waffe in den Rucksack stecken? Ein Messer, ein Nunchaku, einen Elektroknüppel, wenigstens ein Spray… Aber nun sag schon, was los ist? Warum weinst du?«

Ich kann es nicht haben, wenn man mich bemitleidet.

»Lass mich in Ruhe! Siehst du nicht, dass ich vor Glück heule?«

»Vor Glück?« Sie war baff, meine arme Oma. Unfähig, meinem Sarkasmus zu folgen, bemühte sie sich, ihre Vorstellung vom Glück mit der bitteren Grimasse übereinzukriegen, die mein Gesicht entstellte.

Ich musste dringend allein sein, weil ich dachte, dass

mich niemand leiden konnte, weil ich hässlich und bescheuert war, weil alles, was mir widerfuhr (für mich die grässlichste Tragödie aller Zeiten), ganz allein auf meinem eigenen Mist gewachsen war.

Bis über die Ohren in meine Witzblattdetektiverei vergraben, hatte ich mir eingebildet, eine Kinsey Milhone oder Vic Warshawski zu sein, und alle wären verknallt in mich, während ich vor Hunden, die mich zerfleischen wollten, davon- und Killern, die mir zu entkommen versuchten, hinterherrannte. Ich hatte nicht wahrhaben wollen, dass Toni, wenn er mich »Schnäbelchen« nannte, auf meine lange, spitze Nase anspielte. Ebenso gut hätte er »Geiernase« sagen können. Und wenn er mir an den Hintern fasste, dann wahrscheinlich nur, weil er sonst nicht gewusst hätte, wohin mit seiner Hand, weil mein Arsch so fett ist, dass er die ganze Landschaft ausfüllt! Dass Manolo Due mich jemals beachtet hatte, lag wohl nur daran, dass er ein höflicher, freundlicher, barmherziger Mensch war. Und Titi hatte mich spontan geküsst, weil er ein Schlawiner, ein Chauvi und ein eingebildeter Schürzenjäger war und das bestimmt mit jeder machte. Sicherlich meinte er, eine Hässliche mit Glupschauge wäre leichter rumzukriegen als eine Hübsche, weil sich sonst niemand für sie interessiert. Und von der Geschichte mit *So liebevoll verliebt* wollen wir gar nicht erst anfangen! Und meine Lovestory mit Toni, Toni, dem Einzigen auf dem ganzen Planeten, der es fertig brachte, »Schnäbelchen« zu mir zu sagen – tja, ihr seht ja, wie die Lovestory endete.

Lang ausgestreckt auf dem Bett, Rotz und Wasser heulend wie an dem Tag, als mein Vater und meine Mutter ums Leben kamen, gelangte ich zu der Erkenntnis, dass ich allein war, immer allein gewesen war und für immer allein sein würde, weil niemand einen so schlechten Geschmack haben konnte, mich um sich haben zu wollen. Und damit geschah mir ganz recht, weil ich krötenhässlich war und blöd genug, mich für so unwiderstehlich zu halten, dass ich es nicht mehr nötig zu haben glaubte, auf die, die wirklich etwas von mir wollten, irgendwelche Rücksicht zu nehmen. Ich schäkerte herum, hielt mich für ungemein wichtig und ging selbstverständlich davon aus, dass ich nur mit dem Finger zu schnippen brauchte, damit die attraktivsten Jungs der ganzen Gegend überwältigt zu meinen Füßen niedersanken.

»Blöde Kuh!«, beschimpfte ich mich selbst.

In diesem Moment begann ich zu ahnen, dass eine schreckliche Ungerechtigkeit die Welt in zwei unversöhnliche Teile spaltet, die Hässlichen und die Schönen. Ich gehörte zweifellos der ersten Kategorie an, zu den Losern, den Opfern, denen, die keine Chance kriegen, solange die anderen das Sagen haben.

Kaum dass mich diese transzendentale Erleuchtung überkommen hatte, rief Sílvia Foscor an.

Als das Telefon klingelte, dachte ich, es wäre Toni. Klar hatte ich schon vorgehabt, seine Nummer zu wählen und ihn für sein Benehmen zu beschimpfen oder auch anzuflehen, mir doch bitte nicht das Herz zu brechen. Dann hatte ich es mir aber anders überlegt, weil ich nicht die Kraft hatte, ihn herunterzuputzen, und mir noch zu viel Stolz bewahrte, um zu Kreuze zu kriechen. Wenn er nicht den ersten Schritt tat (tu ihn, bitte, tu ihn!), bedeutete das den endgültigen Bruch. Und in ebendiesem Augenblick läutete das Telefon im Flur. (»Tres, Schnäbelchen, Süße, verzeih mir mein Benehmen vorhin in der Sporthalle…«) Hätte ich nicht diese Hoffnung gehabt, wäre ich nicht so schnell drangegangen, nicht aus dem Bett gesprungen, gegen sämtliche Wände gerempelt und wie eine Besessene hingerannt.

»Hallo?«

»Teresa Pi?« Eigentlich »*Törösö Pö?*« Unverwechselbar Sílvia Foscors tiefe Samtstimme.

»Ja.« Das Letzte, worauf ich jetzt Bock hatte, war ein Gespräch mit Sílvia Foscor, der schönsten Frau, die mir je begegnet war, der Repräsentantin der Sieger- und Unterdrückerfraktion schlechthin, aller um ihres hübschen Gesichtchens willen verwöhnten Bälger.

»Ich hab einen Auftrag für dich, Teresa!« Und ohne meine Antwort abzuwarten: »Jetzt wird's ernst. Wir müssen Felisa Olvan finden. Es geht um Leben und Tod. Reichen dir hunderttausend Peseten für den Anfang?«

Was sind schon hunderttausend Peseten, wenn die Welt um uns zusammenbricht?

»Hör zu, ich kann jetzt nicht …«

»Bitte, Teresa! Du musst mir helfen! Pass auf: Felisa Olvan ist eine Freundin von mir und sie will jemanden umbringen! Einen Mann namens Gaspar Cartron! Du musst mir helfen, das zu verhindern!«

Sie klang so überzeugt, so eindringlich, dass ich ihr glaubte.

»Gaspar Cartron?«, wiederholte ich, um mir den Namen einzuprägen.

»Kennst du ihn?«

»Nein.«

Für diejenigen unter euch, die meine ersten beiden Bücher gelesen haben, mag es seltsam klingen, doch tatsächlich hatte ich bis zu diesem Moment noch nie von Gaspar Cartron gehört.

»Also, wir müssen den armen Kerl retten! Aber die Polizei können wir nicht einschalten, verstehst du? Weil Felisa meine Freundin ist und die Nerven verloren hat! Offenbar ist sie ja nicht leicht ausfindig zu machen, was hältst du also davon, wenn du stattdessen Gaspar Cartron auftreibst und ihn, was weiß ich, irgendwie warnst vor der Gefahr, in der er schwebt? Er soll sich verstecken, auf der Hut sein, das Dorf verlassen ... Gleich morgen lass ich dir per Kurier die hunderttausend Peseten zukommen, einverstanden?«

Trübsal, ade! Dieser Anruf verhalf mir zu der *action*, die ich brauchte, um meinen Kummer zu vergessen, verschaffte mir einen Fluchtweg vor mir selbst und gab mir obendrein Gelegenheit, etwas Geld und ein bisschen Schwung in unsere dahinsiechende Agentur zu bringen.

Infolgedessen nahm meine Stimme einen völlig veränderten Ton an, als ich erwiderte:

»Ich kapiere kein Wort. Du wirst verstehen, dass ich mehr Informationen brauche, bevor ich einen so heiklen Fall übernehme ...«

»Das geht jetzt nicht ...«

»Du redest von Mordabsichten und verlangst gleichzeitig, dass ich nicht zur Polizei gehe. Das ist doch nicht normal ...«

»Doch, das ist normal, weil die durchgeknallte Mörderin meine Freundin ist! Ich hab jetzt keine Zeit, näher darauf einzugehen. Ich bin in Barcelona und sehr beschäftigt. Sobald ich kann, komme ich nach Tos zu dir ins Büro und erkläre dir alles in Ruhe. Bitte, Teresa! Gleich morgen früh hast du den Scheck über hunderttausend Peseten auf deinem Schreibtisch!«

Ich gab nach.

»Gut, einverstanden. Ich werde diesen Gaspar Cartron

suchen und ihm Bescheid geben. Unter welcher Nummer kann ich dich erreichen, falls es Probleme gibt?«

Sie diktierte mir ihre Handynummer, und als wir schon einhängen wollten, tat sie, als fiele ihr noch eine unbedeutende Kleinigkeit ein:

»Ach, übrigens, Teresa, wie ich höre, haben sie deinen Mörder ja endlich geschnappt.« Ich wartete. *Was für eine linke Bazille sie doch war!* Meine Intuition sagte mir, dass es sich bei diesem Teil des Gesprächs um den handelte, der sie am meisten interessierte. Ganz harmlos, wie aus reiner Neugierde, wollte sie wissen: »Hast du der Polizei von Pillastre erzählt?«

»Na klar.«

»Ah.« Eine Sekunde. Zwei. Drei. »Und von mir auch?«

Da war sie, die entscheidende Frage!

Ich machte eine Pause, während der ich hören konnte, wie sie mit ihren makellosen Schneidezähnen an den Fingernägeln kaute.

»Nein.«

Ihr Seufzer der Erleichterung brachte mir fast die Frisur durcheinander.

»Ah. Sehr gut. Okay, jetzt bin ich deine Klientin. Du wirst mich wohl nicht kompromittieren, indem du mich in diese Affäre hineinziehst, nicht wahr? Du weißt ja: Ich bin bekannt und das würde meinem Image sehr schaden.«

Allmählich witterte ich Unrat.

»Tschüss, mach's gut.« Wir legten auf und ich stand noch eine Weile mitten im Flur, die Hand am Hörer, die Brauen gerunzelt, und starrte blicklos in eine dunkle Ecke.

In jener Nacht träumte ich weder von gebrochenen Herzen noch ertrank ich in Meeren der Einsamkeit, vielmehr besuchte ich eine Modenschau. Sílvia Foscor, in einem exklusiven Modell eigener Kreation, schritt über den Laufsteg. Wie ein Haken ragte ein riesiges Fragezeichen aus ihrer Frisur, der Kleiderstoff war über und über mit Fragezeichen bedruckt und die Schuhe sahen aus wie zwei Fragezeichen.

Und in den Pupillen hatte sie Frage- anstelle von Dollarzeichen.

## 2

5. März. Freitag.

Tempo, Tempo, Tempo! Solange ich mich abhetzte, grübelte ich nicht, und solange ich nicht grübelte, litt ich nicht.

Wie ein Wirbelsturm fegte ich in die Agentur.

Ich war aus dem Bett gesprungen, als stünden die Laken in Flammen, hatte mir ein bisschen Wasser ins Gesicht gespritzt und mir die Zähne in der Küche geputzt, weil Bad und Dusche Orte sind, die zur Reflexion einladen. Ich war die Treppe hinuntergesaust, immer vier Stufen auf einmal, hatte in drei Sätzen die Straße überquert und dabei überlegt, was ich als Nächstes tun müsste: Nachsehen, ob der Scheck von Sílvia Foscor eingetroffen war, ein Gespräch mit Miquel Dürrrappel-Fahrradnase arrangieren, die Hotels von Tos anrufen.

In diesem Zustand krankhafter Hektik platzte ich ins Vorzimmer von Pi & Zamorano und stürzte auf Irene los, die vor Schreck zusammenfuhr:

»Ist eine Kuriersendung für mich gekommen?«

»Ja.«

Der Umschlag mit der Aufschrift »Teresa Pi«. Ein Überbringerscheck über hunderttausend Peseten. Ausgezeichnet! Den musste ich Rodri zeigen. Außerdem wollte ich Genaueres von dem Gespräch zwischen meinem Partner und Sílvia Foscor wissen. Ich stürmte also auf seine Bürotür zu. Dass Irene hinter mir herrief: »Er hat Besuch!«, bekam ich nicht mehr mit. Wie üblich trat ich ein, ohne anzuklopfen.

Titi, den armen Titi, nahm ich überhaupt nicht wahr. Auch seine trostlose Miene nicht, mit der er versuchte, mich auf sich aufmerksam zu machen.

Kaum dass ich die Klinke gedrückt hatte und die Tür aufstieß, ertönte Sílvia Foscors Stimme aus dem Zimmer.

»*Öch höb sölchen Dörst, öch könnte 'n gönzen Brönnen löörtrönken, wönn mön mör vorher dö Kröten rausföscht ...*«

Was machte Sílvia Foscor bei Rodri?

Bei Rodri war nicht Sílvia Foscor.

Im Zimmer saß eine leicht ordinär wirkende Frau mit roten Haaren und Sommersprossen, die ein langohriges Plüschhäschen im Frack zum Leben erweckte.

Es war der Hase, der mit Sílvia Foscors Stimme sprach. Rodri hörte gebannt zu.

»Ausgezeichnet, wirklich gut«, sagte er sehr ernsthaft.

Ich erkannte die Frau und den Hasen auf der Stelle. Es war Alice Wonda, die samt ihren Handpuppen vor Jahren mit einer Fernsehsendung für Kinder als Bauchrednerin berühmt geworden war. *Alice und ihr weißes Häschen in Wonda-Land*. Eine Zeit lang machte sie auch Sendungen für Erwachsene und trat unter dem Künstlernamen Malice in Kabaretts auf. Zuletzt hatte ich sie auf den Plakaten des *Circo Fantástico* gesehen, der im Dorf gastierte.

»Tres, ich hab dir schon hundertmal gesagt ...«

Ich nehme an, er wollte sagen, dass ich nicht reinplatzen sollte, ohne anzuklopfen, aber ich war viel zu aufgedreht, mir wieder die alte Leier anzuhören.

»Oh, 'tschuldigung«, stieß ich hervor, wandte mich an die Rothaarige und überrollte sie mit all meinem Charme: »Alice Wonda! Sind Sie jetzt Klientin von uns? Was haben Sie für ein Problem?«

Sie protestierte schüchtern:

»Nein, nein, Klientin bin ich nicht. Herr Zamorano hat mich hergebeten…«

»Würden Sie uns dann bitte entschuldigen, wir haben heute einen Notfall. Wir haben soeben eine eminent wichtige Mordsache hereinbekommen! Herr Zamorano wird Ihnen gern wieder zur Verfügung stehen, sobald er eine freie Stunde findet. In der Mittagspause, zum Beispiel…«

Bei den letzten Worten packte ich Rodri beim Schlips und zerrte ihn zur Tür. Er konnte kein ganz reines Gewissen gehabt haben, denn er leistete nicht den geringsten Widerstand. Während er hinter mir herstolperte, rief er wild gestikulierend seiner Besucherin ein paar wirre Satzfetzen zu, die in etwa besagen sollten: »Wir unterhalten uns später, ich ruf dich an, geh jetzt lieber, hier ist dicke Luft.«

Vorbei an Irene und Titi, die uns verdutzt nachblickten, marschierten wir auf mein Büro zu, ich schubste ihn hinein, trat mit dem Absatz die Tür zu und gab meinem Partner einen Stoß, sodass er mit dem Hintern auf dem Drehsessel landete. Da der Stuhl Räder hatte, brachte ihn der Impuls ins Rollen und erst die Wand gegenüber recht unsanft wieder zum Stehen. Ich ließ meiner schlechten Laune freien Lauf:

»Bist du wahnsinnig geworden? Was treibst du eigentlich? Lehnst Aufträge ab und holst dir während der Arbeitszeit Bauchrednerinnen zu Privatvorstellungen ins Büro!«

Rodris zusammengesackte, nervöse Haltung und seine

Art, den Kopf zu schütteln, völlig konfus, als wäre er benebelt und bemühte sich, sein Hirn klar zu kriegen, verrieten überdeutlich, dass er Dreck am Stecken hatte. Er wusste nicht, wohin mit seinem Blick, die Brauen waren ihm zu einer verzagten, greinenden Grimasse verrutscht, und statt zu reden, brabbelte er nur. Mir war schnurz, was er mir zu sagen haben mochte, ich war viel zu aufgebracht, um mir das altbekannte Geseire eines klammen Schuldners anzuhören, und hatte ihn in mein Reich geschleppt, weil ich Oberwasser haben wollte. Ich brachte ihn zum Schweigen, indem ich ihm mit dem Scheck über hunderttausend Peseten vor der Nase herumwedelte.

»Hier, hier! Guck dir das an! Damit sind wir erstmal aus dem Schneider! Ein Scheck über hunderttausend Peseten! Ich hab einen Auftrag! Von Sílvia Foscor!«

Ich glaube, anschließend forderte ich ihn auf, mir haarklein zu berichten, was das Model mit ihm besprochen hatte, aber es war egal, was ich sagte, denn kaum dass Rodri den Scheck erblickte, konnte er sowieso nicht mehr zuhören.

Er fing an zu lachen.

Es war aber kein fröhliches, gut gelauntes Gelächter zum Ausdruck seiner Freude über ein solches Vermögen, oder weil er der Sache irgendeine Komik abgewinnen konnte, die mir bisher entgangen war. Eher das Lachen einer Hyäne, ein abgehacktes, bitteres Lachen wie von einem schlechten Schauspieler, der vorgibt, wahnsinnig zu werden, ein animalischer Schrei – den Körper verkrampft, die Augen zur Decke gerichtet, fehlte nur noch, dass er sich auf die Brust trommelte wie Tarzan –, das spasmodische Kreischen einer Kreatur aus der Lovecraft'schen Unterwelt beim Einfahren in den Leib meines armen Freundes, der jeden Moment eine schreckliche Transformation erleiden würde. Dann entspannte er sich schlagartig, fiel in sich zusammen, als ob in seinem Inneren das für die Zuckungen verantwortliche Gummiband gerissen wäre, und lehnte sich an den Schreibtisch. Seine Augen standen voller Tränen und sein Mund war ein weinerlicher Bogen.

»Tut mir Leid«, sagte er erschöpft, »ich lache, um nicht zu heulen.«

»Ah«, machte ich, ehrlich beeindruckt, »*gelacht* hast du?«

»Das Problem dieser Firma ist nicht mit hunderttausend Peseten aus der Welt zu schaffen, Tres ...« Er atmete schwer. »Die Wahrheit ist, dass wir vollkommen pleite sind. Es geht um ein Defizit von achtzig Millionen Peseten.«

Ein massiver, achtzig Kilo schwerer Gegenstand krachte mir auf den Kopf. Zwar ging ich nicht zu Boden, doch verschlug es mir den Atem und die Sprache und raubte mir jegliches Reaktionsvermögen.

»Was?«, hörte ich mich aus weiter Ferne sagen.

»Wenn wir nicht innerhalb einer Woche achtzig Millionen Peseten auf den Tisch legen, werden wir gepfändet und müssen den Laden zumachen ... Und ich muss ...« – er hatte Mühe es auszusprechen – »ich muss verschwinden ... mich dünn machen. Ich werde nach Südamerika oder besser nach Australien oder Neuseeland gehen ...«

Groß wie Kichererbsen kullerten ihm die Tränen über die Wangen.

Mir auch.

»Pass auf ...«

»Nein«, schnitt ich ihm das Wort ab, »behalt deine Storys für dich! Ich will nichts wissen!«

Und mir selbst sagte ich: »*Action*, *action*, *action*! Diese apokalyptische Nachricht hat mir gerade noch gefehlt, um mich ganz und gar runterzuziehen, ich brauche jetzt Hektik, um nicht nachdenken zu müssen, um an gar nichts denken zu müssen!« Ich schnappte ihn wieder bei der Krawatte, zog ihn mit einem Ruck zur Tür, ohne mich um seine Proteste zu kümmern (»So warte doch, hör mir zu!«), und schmiss ihn aus dem Büro. Er wehrte sich nicht.

Mit Augen wie Apfelsinen verfolgten Titi und Irene weiter das Spektakel.

Ich warf die Tür hinter ihm zu, und kaum dass ich allein war, ließ ich alle Beherrschung fahren und fing an zu heulen. Untröstliche Tränen der Wut.

(Ich sollte vielleicht nochmal daran erinnern, dass ich zu dieser Zeit ziemlich nah am Wasser gebaut hatte.)

Diesem Dummkopf, diesem faulen, durchgeknallten Idioten, dieser hirnlosen Niete war es tatsächlich gelungen, das von meinem Vater aufgebaute Unternehmen mit seinen Eseleien zugrunde zu richten! Ausgerechnet als ich allmählich Spaß daran bekam, ausgerechnet als ich mit einem echten Fall betraut wurde und hunderttausend Mäuse Vorschuss kassierte, ausgerechnet nachdem mir mein Freund den Laufpass gegeben hatte und ich mehr denn je einer Aufgabe bedurfte, die mich voll in Anspruch nahm und mir das Gefühl gab, *wenigstens zu irgendetwas zu taugen*!

Noch ehe ich ihn neben mir bemerkte, hörte ich ihn sagen:

»Tres, Süße… Was hast du denn?«

3 Es war Titi.

Der Junge mit dem Ring im rechten Ohr, der Tätowierung auf dem Handrücken und den gewitzten Augen, der immer im Vorzimmer der Detektei herumhing und darauf wartete, dass wir ihm kleinere Jobs übertrugen: Beschattungen, Datenbeschaffung bei Ämtern oder in Zeitungsarchiven… Mein heimlicher Verehrer, der sich ein paar Tage zuvor erdreistet hatte, mir einen flammenden Kuss aufzudrücken, weil er sich von mir dazu ermutigt fühlte. Daraufhin informierte ich ihn, dass ich in festen Händen sei und er mich in Ruhe lassen solle. Und er hatte auch ganz brav so getan, als sei es schon vergessen.

Nun kann man derartige Gefühle aber nicht einfach ausradieren, als wären sie mit Kreide auf eine Tafel geschrieben. In Wahrheit war er also nach wie vor verliebt in mich und fest überzeugt, dass ich ihn nur deshalb nicht erhörte, weil er mir nicht gut genug war. Somit hatte er sich entschlossen, mir seine Fähigkeiten und seinen Mut zu beweisen, indem er sich jeder verfügbaren Prüfung stellte. Wie der fahrende Ritter im Mittelalter, der auf der Jagd nach Drachen durch die Lande zog, um seine Herzensdame zu beeindrucken.

Das letzte Mal hatten wir übers Handy miteinander gesprochen, ich im Fußballstadion des FC Barcelona und er irgendwo im Zentrum von Girona, während er Manolo Dues Freundin aus den Händen ihrer Kidnapper befreite.

»Waaaaas?«, hatte ich pausenlos ins Telefon gerufen, umtost von jubelnden Fans.

Und er:

»Was ist denn los mit dir, Mensch? Bist du taub? Ich hab gesagt, wir haben gewonnen, wir haben Elisa befreit…«

Ich immer weiter: »Was?«

Er hatte den Eindruck gehabt, dass ich enttäuscht klang, als ob etwas nicht nach meinen Wünschen gelaufen wäre. Danach hatten ihn die Guardia Civil und die Mossos d'esquadra mit offiziellen Aussagen und inoffiziellen Befragungen zur Aufklärung der Geschichte pausenlos auf Trab gehalten. Und obwohl auch ich meine Version und die Früchte meiner Ermittlungsarbeit zu Protokoll geben musste, waren wir nie zusammengetroffen und hatten keine stille Minute gefunden, einander die Hand zu drücken und ein Lächeln zu schenken. Dann hatten sich die Ereignisse im Fall DelaSelva überstürzt, mein Liebesleben war aus den Fugen geraten und ich für nichts und niemanden mehr zu sprechen.

Derweil hatte Titi es nicht aufgegeben, sich neue Methoden auszudenken, um mich mit seinem Heldenmut zu bezaubern, und ohne genau zu wissen, wonach er suchte, aber in der Gewissheit, es zu erkennen, sobald er es sehen würde, achtete er unterwegs auf alles und jeden. Während ich bei Capità Barreno war und berichtete, was ich über den Mord an Faustí Galià wusste, geschah es: Titi sah und erkannte.

Er schickte sich an, die Straße zu überqueren, musste aber zurückspringen, um einen Suzuki-Geländewagen vorbeizulassen, der mit Vollgas angebraust kam. Der Fahrer war ein so gigantischer Kerl, dass sein schinkendicker Oberarm, ein Teil von seinem Wanst und die halbe Arschbacke aus dem Fahrzeug quollen. Fettleibig, mit kahl rasiertem Schädel, in einem knallengen, zum Zerreißen gespannten T-Shirt und kurzen Hosen. Titi meinte, ein Kind auf dem Beifahrersitz gesehen zu haben.

Er erkannte den Mann, der Herr Di genannt wurde, wieder. Auf seiner Glatze hatte Titi zwei Tage zuvor einen Kasten Bier zerschmettert und sich anschließend einen höchst merkwürdigen Kampf mit ihm geliefert.

Das Kennzeichen war nicht schwer zu merken. Wenn Titi in seiner Eigenschaft als Detektivlehrling unterwegs war, prägte er sich oft, nur so zum Zeitvertreib, die Autonummern auf der Straße ein, und diese Übung war ihm schon mehr als einmal von Nutzen gewesen. Er ersetzte die Zahlen entsprechend ihrer Form durch Buchstaben, las also die 1 als I, die 2 als Z, die 3 als E, die 4 als A, die 5 als S, die 6 als G … Aus den Buchstaben und Ziffern des Autokennzeichens bildete er dann Worte oder Buchstabenkombinationen, die leichter zu behalten waren als eine Zahlenreihe. In diesem Fall lautete das Kennzeichen: GI-4310-GA, er zog also GI für Girona, G und A zu GIGA zusammen, was sich gut mit dem Riesenkerl assoziieren ließ, und die Nummer dazwischen ergab die ersten vier Vokale: AEIO. 4310.

Der davonpreschende Hüne gehörte zu einer gefährlichen Schlepperbande, die mit illegalen Arbeitskräften handelte und ein paar Tote auf dem Gewissen hatte. Titi war es zu verdanken (und ein klein wenig auch mir), dass fast alle Mitglieder dieser Organisation festgenommen werden konnten. Herr Di war einer der Flüchtigen.

Unter normalen Umständen wäre Titi zur Kaserne geeilt, um der Guardia Civil seine Beobachtung bekannt zu geben, aber wir dürfen nicht vergessen, dass er Eindruck bei mir schinden wollte und ich in diesem Moment nun mal nicht in der Nähe war. Darum behielt er seine Entdeckung für sich, um sie mir am nächsten Tag mitzuteilen, sobald er mich erwischte, damit ich es wäre, die vor Capità Barreno den Vogel abschoss.

Am nächsten Tag zischte ich wie ein Meteorit durch die

Agentur, verschwand in Rodris Büro, und als ich wieder zum Vorschein kam, zerrte ich meinen Partner am Schlips hinter mir her. Ich schloss mich mit ihm in meinem Büro ein, tauchte ein paar Minuten später wieder auf, immer noch das seidene Halfter in der Hand, ließ Rodri mitten im Vorzimmer einfach stehen und zog mich mit einem gewaltigen, markerschütternden Türknallen in meinen Bau zurück.

Es sah nicht danach aus, als wäre ich an diesem Morgen in der richtigen Stimmung für Märchenprinzen.

Ein fahrender Ritter jedoch hatte vor allen Dingen kühn zu sein! Kaum dass Rodri Zamorano sich wieder in seinen vier Wänden verkrochen hatte (heulend wie ein Schlosshund übrigens, was war da bloß los?), fasste sich Titi also ein Herz, war mit drei Schritten an der Tür, die ihn von mir trennte, legte die Fingerspitzen auf die Klinke und drückte sie ganz, ganz vorsichtig herunter. Als beträte er das Gemach von Dornröschen und wollte es auf keinen Fall anders als mit dem vorschriftsmäßigen Kuss auf den Mund wecken. Denn das wäre ja wirklich ein Ding, wenn Dornröschen wach würde, weil der Märchenprinz irgendwas umrennt, und damit die ersehnte Knutscherei flachfällt!

Er überraschte mich schluchzend am Schreibtisch.

Sein Herz schmolz dahin. Er hatte nur den einen Wunsch, sanft mein Gesicht in die Hände zu nehmen und meine Tränen mit seinen Küssen zu trocknen.

Hätte ich das bloß gewusst!

»Tres, Süße..., was hast du denn?«

Aber ich wusste es nicht.

»Ich heule, siehst du das nicht? Kann man nicht mal mehr heulen oder was?«, blaffte ich und fletschte die Zähne wie ein Hund kurz vorm Zuschnappen. »Muss ich dafür eine amtliche Genehmigung beantragen?«

Er schluckte den Anranzer, wie ein bedingungslos Getreuer eine Ohrfeige wegsteckt. Ohne mit der Wimper zu zucken.

»Komm schon«, sagte er, »lass es raus!«

So herzlich, dass es mir einen Stich versetzte und ich mir den Luxus erlaubte, untröstlich weiterzuflennen. Und unter Schluchzen erzählte ich ihm die Hälfte der Gründe für meine Tränen. Ich musste es einfach loswerden, verdammt! Und es war sonst niemand greifbar, der mir zugehört hätte. Mit wem hätte ich reden sollen? Mit meiner armen Oma Tecla etwa? Nicht mal Toni war verfügbar. Aber von Toni sagte ich nichts. Ich sprach nur von achtzig Millionen Peseten Schulden. Und er, Titi, wagte es nicht einmal, mir übers Haar zu streichen. Er blieb nur an meiner Seite, ernst und betroffen, und litt mit mir. Doch entgegen allem Anschein war er keineswegs nur passiver Zuhörer. Seine Neuronen befanden sich in höchster Alarmbereitschaft und verfielen umgehend in fieberhafte Betriebsamkeit.

Er erinnerte sich.

An seinen Kampf gegen den Mann, der ihm am Steuer des Suzuki-Geländewagens wieder begegnet war. Daran, wie er ihn am Boden in Schach gehalten hatte, diesen Hünen, der Herr Di gerufen wurde, zu jener Zeit noch Kampfanzug trug, nach Benzin stank und ihn angefleht hatte:

»Ich hab viel Geld! Ich besitze einen Schatz! Antike Münzen! Aus Gold! Die können wir teilen, wenn du mich gehen lässt! Ich hab eine Million Dollar verbunkert! Vergraben, in den Bergen, ganz in der Nähe! Wie steht der Dollar? Bei hundertfünfzig? Also sind eine Million Dollar… hundertfünfzig Millionen Peseten!«

Das war seine große Chance, Punkte bei mir zu machen, mir zu beweisen, wozu er fähig war. Das Millionenvermögen zu beschaffen, das die Firma retten würde, mein Partner zu werden… ich weiß nicht, was ihm sonst noch alles durch den Kopf gegangen sein muss. Ich weiß nur, dass er sagte:

»Mach dir keine Sorgen, Tres. Es wird alles wieder gut.«

Mir klang das nach Floskel, um halt irgendetwas zu sagen. Er war ins Zimmer gekommen und wieder hinausgegangen, und ich *dumme Gans* war nicht in der Lage zu erkennen, dass es auf dieser Welt einen Menschen gab, der mich echt liebte. Naja, zwei, wenn wir Oma Tecla mitzählen. Naja (Verzeihung!), fünfzehntausendzwei mit euch, liebe LeserInnen.

Er zog bereits die Tür hinter sich zu, als ich ihm nachrief:

»Titi! Bring die Telefonbücher her! Wir müssen weitermachen! Wenn die Welt auch untergeht, wir kämpfen bis zum letzten Atemzug!«

*Action, action, action.* Ich brauchte *action.* Wenn ich innehielt, würde ich sterben, wie es angeblich den Piranhas ergeht. Oder waren es die Haie? Egal.

## 4

Im Telefonbuch gab es nur einen Cartron, Gaspar. Ich wählte die Nummer. Niemand nahm ab. Er wohnte in Dalt Vila, dem ältesten Teil des Dorfes, nahe der Kirche. Leicht zu Fuß zu erreichen.

Anschließend rief ich bei Miquel Dürrappel-Fahrradnase an. Seine Nummer stand in meinem Notizbuch unter denen anderer Mitschüler des Abendgymnasiums. Er war auch nicht da.

»Er müsste bald zurück sein«, sagte man mir.

Dann suchte ich die Nummern der Hotels in Tos heraus. Ich traf auf Anhieb das richtige. Von den vier Hotels hatten nur zwei die nötige Klasse, um eine so distinguierte Persönlichkeit wie Sílvia Foscor zu beherbergen. Die Chancen standen also fifty-fifty. Sie konnte nur im einen oder im anderen abgestiegen sein.

»Hotel Cantonada, guten Tag!«

»Ich möchte gern Frau Sílvia Foscor sprechen, bitte.«

»Augenblick, ich verbinde Sie.«

*Tor!* Hatte ich doch geahnt, dass sie nicht in Barcelona war! Bei unserem Telefongespräch wusste sie bereits, dass der Mörder von Faustí Galià verhaftet worden war. Doch hatte diese Festnahme am selben Tag stattgefunden, konnte also unmöglich schon in den Zeitungen von Girona (oder gar Barcelona) stehen. Sie konnte nur davon erfahren haben, indem sie den Aufruhr, der in unserem Dorf durch diesen Zwischenfall entstanden war, live miterlebt hatte.

»Frau Foscor ist im Moment nicht erreichbar«, sagte der Hotelangestellte, »der Anschluss ist besetzt.«

»Danke. Macht nichts. Ich versuch's später nochmal. Ihre Zimmernummer ist doch die…« Pünktchen, Pünktchen, Pünktchen, in der Hoffnung, dass er sie mir verriet. Da er nicht anbiss, probierte ich aufs Geratewohl: »Dreihundertdrei?«

»Nein…«, sagte der Hotelangestellte irritiert, während er vermutlich nachsah, um sicherzugehen, dass nicht er sich getäuscht hatte. Darauf wollte ich hinaus: Er sollte die Nummer vor der Nase haben.

»Hat sie das Zimmer gewechselt?« In ungeduldigem, befehlsgewohntem Ton sagte ich: »Dann haben Sie gefälligst die Güte, Bescheid zu sagen, so geht das wirklich nicht! Wo ist sie jetzt?«

Wie aus der Pistole geschossen:

»In zweihundertfünfzehn.« Gefolgt von einem verzweifelten Versuch, seinen Ausrutscher wieder wettzumachen: »Aber wer sind Sie überhaupt? Mit wem spreche ich eigentlich?«

Denkste!

Ich will zwar nicht behaupten, dass diese Bestätigung meines Scharfsinns mich von all meinem Kummer befreit hätte, doch verschaffte sie mir eine Mini-Dosis Optimismus und Selbstvertrauen.

Ich versuchte es nochmal bei Miquel.

»Hallo?«

»Miquel?« Ich erkannte ihn an der Stimme. »Ich bin's, Tres.« Er gab ein wenig einladendes, nicht gerade ermunterndes »Ah?« von sich. »Vor ein paar Tagen im Camp Nou wolltest du mir etwas über Sílvia Foscor sagen …«

»Ach, nichts, gar nichts. Nicht so wichtig …«

»Bitte, Miquel! In dem Moment konnte ich dir nicht zuhören, weil ich so durcheinander war …«

»Es ist aber echt völlig belanglos. Ich hatte dich nur auf der Straße mit Sílvia Foscor gesehen und, ich weiß nicht, irgendwie hab ich gedacht, es würde dich vielleicht …« Er sprach so kühl und zurückhaltend, dass mich das Gefühl beschlich, er habe nicht die Absicht, mir alles zu sagen, was er wusste.

»Vielleicht was …?«, animierte ich ihn zum Weiterreden.

»… es würde dich vielleicht interessieren, dass mein Bruder sie kennt.«

»Ach ja? Los, erzähl!«

»Naja, eines Tages klingelt es bei uns, ich mache auf und vor mir steht Sílvia Foscor. Ich denk, mich laust der Affe, die aus der Ich-hab-Durst-Werbung …!«

»Weißt du noch, wann genau das war?«

»Nein… Es war ein Samstag, weil ich Gitarrenstunde hatte…«

»Letzten Samstag?« Auf meinem Schreibtisch lag ein Kalender. »Dem Siebenundzwanzigsten?«

»Nein. Letzten Samstag konnte mein Gitarrenlehrer nicht. An dem davor.«

»Am Samstag, dem Zwanzigsten, also.« Ich notierte das Datum auf einem Zettel. »Weiter. Du machst also die Tür auf, hast Sílvia Foscor vor dir…«

»…und sie fragt nach meinem Bruder. Offensichtlich hat da eine Verwechslung stattgefunden. Sie dachte, sie würde ihn kennen, war dann aber ganz verwirrt. Sie kannten sich zwar tatsächlich, aber er war nicht der, den sie erwartet hatte. Sie war stinksauer, sie spuckte Gift und Galle. Mein Bruder tat, als ginge ihn das Ganze nichts an: ›Das hat Gaspar ausgeheckt!‹, sagte er zu ihr.«

»Gaspar?«, fuhr ich auf, »Gaspar Cartron?«

»Ja.«

»Dein Bruder kennt Gaspar Cartron?«

»Sie sind eng befreundet. Samstags ziehen sie mit derselben Clique durch die Kneipen, lassen sich voll laufen und machen Randale.«

»Und was meinte er mit: Das hat Gaspar ausgeheckt?«

»Äh, ich weiß nicht.«

»Aber was hat Sílvia denn gesagt?«

»Nix. Dass er nicht Daniel Prim wäre. Sie hat gesagt: ›Du bist nicht Daniel Prim!‹ Und er: ›Und ob ich das bin!‹ Und sie hat protestiert: ›Aber da stand doch neulich dieser Blonde neben mir, der sagte, er sei Daniel Prim…‹ Worauf mein Bruder dann sagte: ›Das hat bestimmt Gaspar ausgeheckt!‹ Er hat sie mit ins Wohnzimmer genommen und sie haben eine ganze Weile geredet, aber mich haben sie rausgeschickt: ›Hau ab, das geht dich nichts an!‹ Außerdem wartete mein Gitarrenlehrer schon auf mich. Mehr weiß ich nicht.«

»Haben sie über ein Mädchen namens Felisa Olvan gesprochen?«

Wenn wir uns im Gehen unterhalten hätten, wäre Miquel in diesem Moment gestolpert.

»Über wen?«

»Felisa Olvan. Kennst du sie? Komm, mach mir nichts vor, natürlich kennst du sie, das merke ich dir an! Woher kennst du sie?«

»Äh ... naja ... mein Bruder und Sílvia haben von ihr gesprochen. Ich hab sie den Namen Felisa Olvan sagen hören.«

*Nie im Leben! Das war glatt gelogen!*

»Und was haben sie gesagt?«

»Ich weiß nicht. Ich sag doch, sie haben mich aus dem Zimmer geschickt.«

»Na, komm schon, Miquel!«

»Weiter weiß ich nichts, Ehrenwort!«

»Ich glaube, dass du doch noch etwas weißt, es mir aber nicht sagen willst!« Die Funkstille bestätigte meine Annahme. Man hätte auch ein »Denk-doch-was-du-willst!« hineindeuten können, aber mir schien die Vermutung nahe liegender, dass er nicht ganz so dreist lügen wollte. »Miquel ... Schreib dir meine Handynummer auf. Das kann sehr wichtig sein, weißt du? Ich weiß nicht, was für einen Unsinn dein Bruder und Gaspar Cartron treiben, aber sie könnten in einen Mordfall hineingezogen werden, hörst du?« Ich übertrieb ein bisschen, um ihn dazu zu bewegen, sich meine Nummer zu notieren. Er tat es. Ich diktierte sie ihm und er wiederholte sie langsam, während er sie irgendwohin kritzelte. »Ruf mich an, falls dir noch was einfällt, was du mir nicht gesagt hast. Ich muss diese Felisa Olvan so schnell wie möglich finden. Ehe es zu spät ist!«

Ich ließ ihn allein mit seinem Gewissen, damit er in sich gehen konnte, und rannte selbst aus der Agentur, um nicht in mich gehen zu müssen. Im Vorzimmer saß nur Irene und studierte Stellenanzeigen. Von Titi keine Spur.

## 5

Ich fuhr mit dem Fahrrad zu Gaspar Cartron.

Den alten Kern von Tos bilden zehn Häuser mit schiefen, buckligen Mauern entlang der vier Gassen rund um die Kirche, ein kleines Juwel aus dem zwölften Jahrhundert, vermurkst durch jede Menge unverzeihlicher Flickschusterei architektonischer und ornamentaler Natur, die der gute Glaube der ortsansässigen Reichen finanziert hatte. Zwischen zwei der ältesten Häuser war skrupellos ein vierstöckiges, farbloses Gebäude mit pastelliger Fassade und aluminiumgerahmten Fenstern gebaut worden.

An einer der oberen Klingeln der Sprechanlage stand »Gaspar Cartron«. Ich drückte den Knopf ein halbes Dutzend Mal. Niemand antwortete.

Dann drückte ich auf die Klingel des Stockwerks darunter. Ich dachte mir, jemand, der einen solchen Rüpel über sich wohnen hatte, wäre vielleicht nicht abgeneigt, darüber zu reden. Rüpel pflegen die Musik voll aufzudrehen, herumzutrampeln, dass an der Zimmerdecke darunter die Spinnen in Schwingung geraten, und ihre Wäsche klatschnass aufzuhängen, ohne sich darum zu scheren, ob weiter unten auch Wäsche hängt. Die Opfer solcher Attentate sind meist sehr mitteilsam, machen gern viel Tamtam darum und lieben es, mit dem Finger auf die Schuldigen zu zeigen.

Volltreffer! Es meldete sich eine schrille weibliche Stimme und als ich erklärte, dass ich Informationen bezüglich Solvenz und Lebensstil ihres Nachbarn Gaspar Cartron einholen wolle, weil dieser einen Bankkredit beantragt habe, ließ die Frau mich sofort ein, krempelte die Ärmel auf und setzte zu einem mit grausigen Einzelheiten reich gespickten Vortrag an. Wenn es nach ihr ginge, bekäme Gaspar Cartron niemals auch nur einen Céntimo von der Bank!

Sie erklärte mir, der fragliche Nachbar sei Postbeamter, verteile die Post in die Briefkästen des Dorfes und habe sehr ungewöhnliche Arbeitszeiten. Sie bestätigte mir, dass er samstagabends die Nachbarschaft mit ohrenbetäubender Musik beschalle und sich gelegentlich eine Bande von ebensolchen Bekloppten, wie er selbst einer sei, nach Hause einlade, die dann bis in die Puppen herumbrüllten, durch die Wohnung stampften und gegen die Wände rumsten. Zum Glück besuche er sonntags seine Familie und kehre erst dienstags zurück.

»Und Sie wissen nicht zufällig, wo er jetzt sein könnte?«

»Keine Ahnung. Er ist die ganze Woche nicht zu Hause gewesen. Irgendjemand hat offenbar am vergangenen Samstag etwas mit seinem Auto angestellt und seitdem hat er sich hier nicht mehr blicken lassen.«

»Was ist denn mit seinem Auto passiert?«

»Er parkt es immer da vorne, und am Samstag gegen Mitternacht haben es ihm angeblich ein paar Rowdys, wie er selber einer ist, zu Klump geschlagen. Die Reifen zerstochen, eine Scheibe kaputt, Schrott halt.« Die Frau kostete es weidlich aus, diese Anekdote zum Besten zu geben. Sie leckte sich die Lippen, frohlockte und genoss die Vergeltung. »Er war fuchsteufelswild! Am Sonntag hat er sich dann wie jede Woche zu seiner Familie nach Girona aufgemacht, da ist er mir mit seinem Koffer im Treppenhaus begegnet … und seitdem hab ich ihn nicht mehr gesehen.«

Über die Familie Gaspar Cartrons in Girona wisse sie nichts weiter und das sei auch gut so. Wenn ich genauere Informationen haben wolle, sollte ich beim Postamt nachfragen. Da wüssten sie sicher mehr.

Doch sollte sich das erübrigen. Denn als ich mein Mountainbike ins moderne Castell-Viertel lenkte, wo sich das neue Postgebäude befindet, kam mir die Erleuchtung, dass ich mir diesen Umweg eigentlich sparen konnte.

Ich konnte ebenso gut direkt zum Hospital de la Misericòrdia fahren.

Dort würde ich Gaspar Cartron nämlich finden.

## Fünftes Kapitel

# Sílvia Foscor unter Wüstlingen

**1** Seit dem letzten Dienstag herrschte im Hospital de la Misericòrdia hektische Mobilmachung. Kaum dass dort die Nachricht von der Entgleisung des Nahverkehrszuges eingegangen war, begann die Krankenhausverwaltung, telefonisch die Ärzte zusammenzutrommeln, die an diesem Tag dienstfrei hatten, die Krankenwagen rasten los und alles hetzte geschäftig hin und her wie in einer Arztserie im Fernsehen. Dann kamen die Verletzten, die Angehörigen der Verletzten, die Tränen, die Schmerzensschreie, die in Schwindel erregendem Tempo durch die Gänge sausenden Betten, geschoben von einem Haufen grün gekleideter Leute, die in einer für Laien unverständlichen Sprache redeten. Blutgetränkte Kompressen, über Kopfhöhe gehaltene Infusionsflaschen, Skalpelle, Scheren, Nähte, Kurven auf piependen Monitoren, Binden, Klebeband, Heftpflaster, Sauerstoffmasken, Katheter, Hände in Latexhandschuhen, einer, der ruft: »Der kommt nicht durch, der kommt nicht durch!«, darauf ein anderer: »Schaff ihn halt außen rum…!«

Am vorigen Samstag hatte Gaspar Cartron, dessen Auto von Berserkern zertrümmert worden war, mit dem Zug zu seiner Familie nach Girona fahren müssen. Und am Dienstag, dem Tag, an dem er für gewöhnlich aus Girona zurückkehrte, musste er ebenfalls den Zug genommen haben. Ausgerechnet an diesem Dienstag entgleiste der Zug. Ich war mir so sicher, ihn unter den Opfern zu finden, dass ich am Empfang des Krankenhauses ohne Umschweife fragte:

»In welchem Zimmer liegt bitte Gaspar Cartron?«

Es überraschte mich nicht im Geringsten, als man mir nach einem Blick in den Computer einfach die gewünschte Zimmernummer mitteilte. Niemand fragte, warum mich das interessiere, ob ich mit Gaspar Cartron verwandt oder befreundet sei oder wohin ich wolle. Der Einzige, der mich ansprach, als ich durch die Gänge hastete, war ein Fußballspieler, der sich über das Wiedersehen mit mir auch noch riesig freute.

»Tres! Tres Catorze!«

»Manolo Due!«

Umwimmelt von Ärzten, Pflegern, Kranken, Verunglückten und deren Familienangehörigen, die ihm Zettel, Blocks, Zeitungen, sogar eingegipste Arme und Beine für ein Autogramm entgegenstreckten, hatte er mich dennoch erspäht. Er benutzte mich als Vorwand, seinen Fans zu entrinnen, und zog mich in eine ruhige Ecke, um unter vier Augen mit mir zu reden.

»Na, wie steht's, Frau Detektivin?« Er wirkte euphorisch, trotz des gebrochenen Arms. Er war zur Kontrolluntersuchung ins Krankenhaus gekommen und wollte seine Behandlungsunterlagen abholen. »Mir geht's großartig, weißt du? Dank deiner Hilfe habe ich mir ein Problem vom Hals geschafft, an dem ich fast erstickt bin! Mein Leben ist jetzt viel entspannter und glücklicher!«

Herrgott, ist er süß!

»Wie geht's Elisa?«, erkundigte ich mich. Mit etwas

Glück waren sie vielleicht inzwischen zerstritten und mir blieb noch ein Hoffnungsschimmer.

»Auch sehr gut!«, rief er fröhlich. Und ich: Satz mit X… (aber ich gönnte es ihr natürlich). »Übrigens veranstalten wir heute Abend ein Essen bei ihr zu Hause, zusammen mit unseren neuen Freunden und Bekannten hier. Ich würde mich sehr freuen, wenn du auch kämst.«

Das brachte mir mein Zerwürfnis mit Toni wieder in den Sinn. Er hätte nur zu gern Manolo Dues Bekanntschaft gemacht, wir wären gemeinsam zu diesem Abendessen gegangen und Tonis Liebe zu mir wäre noch um einiges größer geworden. Aber ohne ihn war ich derzeit nicht in der Stimmung für Partys.

»Nein… heute kann ich leider nicht. Aber ich würde mich sehr gern wieder mal mit dir treffen, wenn… wenn ich ein bisschen zur Ruhe gekommen bin.«

»Du und Ruhe? Unmöglich! Dann wärst du nicht mehr du selbst!« Aus einer Tasche zog er einen Zettel, aus einer anderen einen goldenen Kuli und schrieb mir eine Nummer auf. »Vorläufig haben wir uns in Girona niedergelassen. Da hast du meine Handynummer. Ruf mich an, wann immer du willst.«

»Ich ruf dich an, keine Sorge!«, versprach ich.

Das sollte ich früher tun, als wir beide dachten.

Wir gaben uns ein paar artige Küsschen, tauschten ein nettes Abschiedslächeln, und ich eilte davon, Gaspar Cartron kennen zu lernen.

Er hatte ein Zimmer für sich allein. Umso besser: Wir würden also ungestört sein.

**2** In Verbindung mit Gaspar Cartron musste ich immer an die Seidenraupe aus Lewis Carrolls *Alice im Wunderland* denken (die in dem Disney-Film immer »*O-R-U?*« statt »*Who are you?*« sagt). In meiner Vorstellung war er schmierig, schleimig, leckte sich genüsslich kichernd die Lippen und sabberte. Und auf den ersten Blick vermittelte er mir genau diesen Eindruck. Auf den zweiten auch.

Nicht dass er hässlich gewesen wäre, eher würde ich ihn Sílvia Foscors Fraktion zurechnen. Er war groß und kräftig, hatte sehr helle, fast transparente Augen und einen spöttischen Zug um den Mund, der ihm etwas Sympathisches, Freches gab. Man konnte ihn für attraktiv halten – er selbst hielt sich zweifellos dafür – und zwar nicht zu knapp. Andererseits, wie soll ich sagen... Sein Haar war sehr hell, dünn, schütter, leicht verklebt und so fettig, dass es aussah wie feucht. Er hatte keinen Bartwuchs und sein Gesicht war sehr glatt und glänzend, als hätte er geschwitzt. Er wirkte kränklich, dieser Mann, und nicht nur weil er in einem Krankenhausbett lag und sein Kopf hochgereckt und bewegungsunfähig aus einem Stützkragen ragte. Wenn ich das, was ihn mir so eklig machte, mit Worten beschreiben müsste, würde ich Synonyme zu »weich« suchen: Er war schlaff, teigig, labberig, ich weiß nicht, ob ihr versteht, was ich meine, labberig ist vielleicht das treffendste Wort. Er war wie aus Gelatine, ohne jeden Muskel...

...kann aber auch sein, dass ich schon von vornherein gegen ihn eingenommen war.

Ich zeigte ihm meine Visitenkarte:

*Tres Catorze, Privatdetektivin. Detektei Pi & Zamorano. Carrer del Roure, 17. 4t, Tos (Girona), etc.*

Abgesehen davon dass ich ihn kennen lernen wollte,

hatte ich auch die Hoffnung, er würde mir bestätigen, was Sílvia gesagt hatte, aber ich konnte ihn ja schlecht mit der Frage überfallen, ob er sich von irgendjemandem bedroht fühlte, ob es jemand auf ihn abgesehen hatte und ob dieser Jemand Felisa Olvan hieß. Denn das wollte ich ja von *ihm* hören. Also griff ich auf meine Fantasie zurück, um ihm auf die Sprünge zu helfen.

»Wir sind von Ihrer Versicherungsgesellschaft beauftragt, ein paar Erkundigungen einzuholen«, sagte ich so forsch und keck, wie es nun einmal meine Art ist. »Es geht um den Schaden, der am vergangenen Samstag, dem Siebenundzwanzigsten, durch Vandalismus an Ihrem Fahrzeug entstanden ist.«

Er reagierte nicht sofort. In aller Ruhe musterte er mich von Kopf bis Fuß, hielt auf meinem verfärbten Auge kurz inne und begutachtete dann ungeniert meinen Busen und meine Hüften. Ich hätte ihm eine reinschlagen können! Daraufhin las er noch einmal die Karte, als wolle er überprüfen, ob das, was darauf stand, zu dem passte, was er vor sich sah.

»Catorze? Vierzehn! Ist das dein Nachname oder dein Alter?«

»Haben Sie eine Idee, wer Ihren Wagen zerstört haben könnte, Herr Cartron?« Ich, ganz Profi, ließ mich nicht aus dem Konzept bringen.

Er schnippte mir das Kärtchen zurück. Fast warf er es mir ins Gesicht. Er schien unheimlich guter Dinge zu sein.

»Macht euch keine Gedanken um mein Auto! Mit dem, was mir dieses Ding einbringt« – er wies auf den Kragen, der ihn steif hielt wie ein Brett – »kann ich mir ein neues kaufen, ein viel besseres!«

»Was Ihnen das Ding einbringt?«

»Ganz genau, kleines Fräulein, von der Versicherung eben! Kannst du nachlesen! Ich habe eine Unfallversicherung und mir sagen lassen, dass für diese Wirbelsäulenverletzung über fünf Millionen fällig werden können. Wegen der Zugentgleisung. Tut mir ja Leid, aber …«

Es tat ihm kein bisschen Leid. Er fand es wunderbar, dass der Zug verunglückt war und es einen Haufen Verletzte gegeben hatte, solange er fünf Millionen Kröten dafür kassieren konnte! Mich packte eine unwiderstehliche Lust, ihm die Suppe zu versalzen. Es war mir unerträglich, dass jemand, den ich so ätzend fand, eine so überschäumende Freude an den Tag legte.

Also entgegnete ich: »Geben Sie sich lieber keinen falschen Hoffnungen hin!« – Einfach so, nur um ihn zu ärgern. – »Zunächst muss einmal feststehen, wer die Entgleisung verursacht hat …«

»Verursacht?« – Stutziger Blick. – »Wie meinst du das?«

»Vermutlich sind terroristische Attentate durch Ihre Versicherungspolice nicht abgedeckt.«

Er war konsterniert und wurde blass.

»Willst du damit sagen, dass der Unfall absichtlich verursacht worden ist?«

»Ja.«

»Lag es denn nicht am schlechten Zustand der Gleise …?«

»Die Gleise waren kaputt, weil jemand fünfzehn Schrauben entfernt, eine Schiene durchgesägt und dann mithilfe eines Stahlseils und eines Autos verbogen hat.«

Er war wie vor den Kopf geschlagen, als sei er soeben zu der Erkenntnis gelangt, dass sein ganzes bisheriges Leben ein Alptraum gewesen war.

»Man nimmt ja wohl nicht an, dass ich das gemacht habe?«

»Durchaus eine Möglichkeit!« Ich fühlte mich ein wenig sadistisch. Es machte mir Spaß, ihn leiden zu sehen, zumal ich damit zugleich seine Selbstsicherheit untergrub.

»Red keinen Blödsinn! Ich bringe doch keinen Zug zum Entgleisen, in dem ich selbst sitze! Wie stellst du dir das vor?«

»Ich stelle mir gar nichts und alles vor.« Clevere Finte! »Das denken allenfalls meine Vorgesetzten. Ich bin lediglich hier, um Sie zu fragen, ob es Ihres Wissens jemand auf Sie abgesehen haben könnte.«

Er, stur:

»Soll das heißen, dass ich ohne meine fünf Millionen dastehe, bloß weil irgend so ein Idiot auf die Idee kommt, den Zug verunglücken zu lassen?«

»Das heißt, falls sich herausstellen sollte, dass die Tat politisch begründet war, bekommen Sie Ihre fünf Millionen *mit Sicherheit* nicht.« – Alles Schwindel, ich hatte keine Ahnung von diesem Krempel. – »Wenn es sich allerdings um einen gemeinen Verbrecher handelt, irgendeinen persönlichen Konflikt…«

»Natürlich war das ein gemeiner Verbrecher, irgendein Drecksack! Mit Politik hat das überhaupt nichts zu tun! Politische Attentäter bekennen sich zu ihren Taten und hierzu hat sich keiner bekannt, oder?« Während er sprach, arbeiteten seine grauen Zellen unter Hochdruck an Argumenten, die mich davon überzeugen könnten, dass er alles Recht der Welt auf diese fünf Millionen hatte. Seine Anstrengung sah sich mit einem Einfall belohnt, der unberechenbare Folgen haben sollte. »Moment, Moment, Moment«, unterbrach er sich plötzlich. »Moment, Moment, warte einen Moment! Soll das etwa heißen, jemand könnte den Zug zum Entgleisen gebracht haben, *bloß weil er es auf mich abgesehen hatte*?«

So hatte ich das eigentlich nicht gemeint. Ich schwöre hoch und heilig, dass ich daran nicht im Entferntesten gedacht hatte. Am Ende einer hastigen, willkürlichen Gedankenkette war Gaspar Cartron ganz alleine zu diesem Schluss gekommen. Als ich einen persönlichen Konflikt erwähnte, hatte ich das nicht konkret auf ihn bezogen, sondern ganz allgemein von einem möglichen privaten Problem des Täters gesprochen. Doch ihm passte diese Folgerung perfekt ins Konzept. Er zählte zwei und zwei zusammen und das Ergebnis machte ihn zum Opfer des kolossalen Anschlags.

»Man hat Ihnen doch das Auto demoliert, stimmt's?«, sagte ich vorsichtig, gespannt, was jetzt käme.

»Das ist ja wohl ein kleiner Unterschied, die Windschutzscheibe eines Autos einzuschlagen und die Reifen zu zerstechen oder aber einen ganzen Zug zum Entgleisen zu bringen!« Zwar sträubte sich sein Verstand gegen diese Option, jedoch versprach die Hypothese einfach zu viele Vorteile. »Warte mal, ja, doch, durchaus denkbar …« Dann, um sich noch einmal zu vergewissern: »Du sagst, wenn das Attentat keinen politischen Hintergrund hatte, kassiere ich meine fünf Millionen, korrekt? Also gut: Nein. Nein, mit Politik hatte es überhaupt nichts zu tun.« Er fasste einen Entschluss: »Ich werde Anzeige bei der Polizei erstatten.«

»Gegen jemand Bestimmten? Haben Sie denn einen Verdacht, wer das gewesen sein könnte?«

»Und ob!«

»Und warum haben Sie dann bis jetzt noch keine Anzeige erstattet?«

»Weil, weil …« Er zögerte eine Sekunde. Nur eine Sekunde, was ja wirklich nicht lang ist. Eine Sekunde, in der er schluckte, sein Kehlkopf *gluck* machte und sein flackernder Blick erst zur Tür huschte (als müsse dort jeden Augenblick jemand hereinkommen), dann auf seine Hände fiel (als suche er vertrauenswürdigen Rat, was er sagen sollte). »Es scheint unmöglich, es klingt unglaublich, aber wenn ich's recht bedenke …«

»Was scheint unmöglich?«

»Sie ist so ein unscheinbares Ding, so ein mickriges Würstchen, so hässlich …«

»Wer?«

Er stieß ein gellendes Triumphgelächter aus. Heureka! Jetzt wusste er, wie er an die fünf Millionen kam!

»Diese Vogelscheuche, dieses Scheusal!« Er suchte nach einer Steigerung, aber es wollte ihm kein stärkeres Wort mehr einfallen. »Ja, ja, genau! Das ist sehr gut möglich, weil sie total irre ist! Durchgeknallt, völlig neben der Spur! So ein hässliches Weib hab ich im Leben noch nicht gesehen!« Er freute sich, die Lösung gefunden zu haben. Fehlte nur noch, dass er in die Hände klatschte. Vor lauter Lachen kamen ihm fast die Tränen. »Gott im Himmel, diese Missgeburt!« Bravo, doch noch ein Schimpfwort! »Dieses Brechmittel!« Und noch eins!

Mir war so viel Jubel nicht geheuer. Ich hatte das ungute Gefühl, dieser ganze Kakao könnte jemanden in böse Schwierigkeiten bringen.

»Ist ja gut. Wer ist das?«

Er blickte mich an, als habe er meine Anwesenheit völlig vergessen. Dann riss er sich halbwegs zusammen, hustete sein inneres Röhrensystem frei und setzte sein selbstgefälliges Lieblingsgrinsen auf. Er schüttelte den Kopf.

»Das geht dich nichts an. Das werde ich der Polizei selbst sagen. Ich brauche nicht um mein Leben zu fürchten. Die

Polizei wird mich beschützen. Die Guardia Civil. Capità Barreno ist ein guter Freund von mir, weißt du? Macht ihr euch also keine Sorgen um mich!«

Der Scheißkerl hatte wieder Oberwasser. Und das passte mir überhaupt nicht!

»Komisch, dass Sie die Sache mit dem Auto noch nicht angezeigt haben!«

»Was ist daran komisch?«, gab er unwirsch zurück, klang aber eher wie: »Hör auf zu nerven!«

»Man könnte den Eindruck gewinnen«, beharrte ich, »Sie hätten auf ein schlimmeres Attentat spekuliert als bloß ein paar zerstochene Reifen.« Er sah mich ungläubig an. Ihm war ebenso klar wie mir, dass meine Theorie reichlich übergeschnappt war. »Als Sie gesehen haben, was mit Ihrem Auto passiert ist, haben Sie beschlossen abzuwarten, ob es eventuell noch schlimmer kommt...«

»Ach ja, ich soll also mit Absicht mein Leben riskiert haben, um...?«

»Ja. Um die fünf Millionen zu kassieren!«

»Nein, nein, nein, jetzt hör mir mal zu!« Er wurde immer unruhiger. »Ich habe keine Anzeige erstattet, weil das überflüssig war. Weil ich einen guten Draht zur Guardia Civil habe, verstehst du? Ich brauche keine Anzeige zu erstatten, damit Capità Barreno mich beschützt. Dank meiner Hilfe haben sie gestern einen gefährlichen Killer hier im Dorf geschnappt. Wahrscheinlich hast du davon gehört... Den Maler Jacint DelaSelva, weißt du, wen ich meine? Und dass sie ihn dingfest machen konnten, haben sie mir zu verdanken!«

Mir blieb die Spucke weg. Das war wirklich ein starkes Stück!

»Was Sie nicht sagen!«

»Jawohl, meine Gnädigste! Wenn du mir nicht glaubst, frag Capità Barreno!«

Eine bodenlose Unverschämtheit! So ein Zynismus! Eine Dreistigkeit sondergleichen! Das ging echt zu weit!

»Und wie haben Sie das gemacht, wenn ich fragen darf? Haben Sie dem Capità gesagt, wo die Leiche verscharrt ist und wer sie begraben hat? Waren Sie etwa dabei, als der Mörder vor Zeugen sein Geständnis ablegte und seine Frau einen hysterischen Anfall bekam?«

Damit war klargestellt, dass ich sehr genau wusste, wovon die Rede war. Er jedoch blinzelte nicht einmal.

»Nein, meine Gnädigste. Von Berufs wegen hatte ich aber Zugang zu, sagen wir, vertraulichen Informationen, die den Mörder schwer belasten. Selbstverständlich habe ich Capità Barreno davon umgehend Mitteilung gemacht und so das Ganze ins Rollen gebracht.« Mit diesem Vortrag glaubte er, mir den Mund stopfen zu können. »Mach dir also keine Gedanken um mich. Ich werde mit Capità Barreno sprechen, er wird sich persönlich mit deinen Vorgesetzten in Verbindung setzen und alles klärt sich, du wirst schon sehen. Danke.«

Mit dem Gefühl der Niederlage und der Befürchtung, durch meinen Besuch eher Schaden angerichtet als etwas gutgemacht zu haben, verließ ich stinksauer das Zimmer.

3 Das Hotel Cantonada war einer der hohen, eleganten Neubauten an der Hauptstraße, wo das Castell-Viertel an die engeren, belebteren Gassen von Dalt Vila grenzte. Wie sein Name schon sagt, befand es sich an einer Ecke. Cremefarben, mit glatter Fassade und ganz schmalen Fenstern wie Schießscharten, wirkte es von weitem eher unauffällig. Beim Näherkommen erkannte man jedoch am Glanz der vier Sterne, der goldenen Lettern und Türknäufe die gehobene Kategorie des Hauses.

Mädchen meiner Altersklasse in dreckigen Turnschuhen, Jeansklamotten, zerknittertem T-Shirt, die sich mit den Fingern kämmten und blau geschlagene Augen hatten, waren hier nicht gern gesehen. Aus weiter, weiter Ferne blickte mir das Empfangspersonal entgegen und runzelte die Stirn hinter seiner Rezeptionstheke, die sich wie ein unüberwindliches geographisches Hindernis zwischen uns erhob.

Ich versuchte es mit meinem charmantesten Lächeln:

»Zu Frau Sílvia Foscor, bitte?«

Fehlanzeige.

»In welcher Angelegenheit?«

Ich musste wohl oder übel zu einer Notlüge greifen. Wie sonst?

»Sie hat gerade bei meiner Firma angerufen und unsere Dienste erbeten.« Ich wies meine Geschäftskarte vor. Ich weiß schon, dass sie nicht viel hermacht und dieses *Tres Catorze* ziemlich pennälermäßig klingt, aber was soll's, was Besseres hatte ich nicht. »Ich arbeite für die Ermittlungsagentur Pi & Zamorano. Die müsste Ihnen bekannt sein, denn wir waren schon öfter für Ihr Haus tätig. Sagen Sie Frau Foscor, dass ich hier bin.« Und als kleinen Touch zur Steigerung meiner Glaubwürdigkeit: »Zimmer zweihundertfünfzehn.«

Unser aller Augen, die der beiden Uniformierten und meine, fokussierten auf dem mit 215 beschrifteten Haken. Der Schlüssel hing nicht daran. Ein Zeichen, dass sie sich im Zimmer aufhielt … oder mit dem Schlüssel in der Tasche ausgegangen war.

Einer der Angestellten, der smartere von beiden, nahm den Hörer ans Ohr. Der andere, einfältigere, teilte ihm seine Besorgnis mit.

»Sie hat das Zimmer seit Tagen nicht verlassen. Sie bestellt sich das Essen nach oben, lässt nicht zu, dass das Bett gemacht wird, und …«

Der andere legte den Hörer wieder auf.

»Besetzt«, sagte er und auch in seiner Stimme schwang jetzt leichte Unruhe. Eigentlich merkwürdig, dass man sagt, ein Telefon sei besetzt. Wie ein Klo.

»Es ist ständig besetzt«, ergänzte der Erste, »als würde sie seit ihrer Ankunft ununterbrochen am Telefon hängen.«

»Und sie hat meine Agentur kontaktiert und um Hilfe gebeten«, trug ich, ganz professionell, zur allgemeinen Beunruhigung bei.

»Aber wie alt bist du denn?«, ranzte der Smarte ungehalten, als seien Leute, die nicht der richtigen Altersklasse angehörten, keine gleichberechtigten Gesprächspartner für ihn.

»Dreiundzwanzig.« Wow! Total cool und ohne mit der Wimper zu zucken! Um ein Haar hätte ich hinzugefügt: »Sieht man mir gar nicht an, was?«, aber meine Rolle ließ weder Koketterie noch Albernheiten zu. »Wann ist Frau Foscor im Hotel eingetroffen?«

»Am …« Sie wechselten einen nachdenklichen Blick.

Sie brauchten mir gar nicht damit zu kommen, sie wüssten es nicht, weil ich ihnen das nicht abgekauft hätte. Eine Frau wie die Foscor konnte in einem Dorf wie Tos einfach nicht unbemerkt bleiben. »Am Dritten. Am Mittwoch, stimmt's?«

Am selben Tag, als sie uns in der Agentur besuchte, um uns zu engagieren. Am Tag nach dem Zugunglück. Und inzwischen hatten wir bereits Freitag, den Fünften, spätnachmittags.

»Sie hat sich seit zwei Tagen in ihrem Zimmer eingeschlossen? Ohne sich das Bett machen zu lassen? Ist das Zimmer seit zwei Tagen nicht geputzt worden?«

»Naja … nein, es sind noch nicht ganz zwei Tage …« Dem Smarten lag sehr viel am guten Ruf des Hotels. Er sprach mehr zu seinem Kollegen als zu mir, gestattete aber immerhin, dass ich zuhörte. »Wollen wir mal sehen … Also am Zweiten hat sie zuerst eingecheckt und ist dann ausgegangen. Zu Abend gegessen hat sie hier. Die Nacht von Mittwoch auf Donnerstag, alles ganz normal … und am Donnerstag, also gestern Morgen, habe ich sie im Speisesaal frühstücken sehen …«

»Und mittags hat sie auch hier gegessen …«, ergänzte der andere und beide atmeten allmählich auf. »Gestern war sie, glaube ich, den ganzen Tag nicht vor der Tür, aber sie lief hier herum, in der Bar und der Hotelhalle, und telefonierte auf dem Handy. Das Abendessen, das hat sie sich aufs Zimmer bringen lassen.«

»Und dass sie das Zimmer nicht gemacht haben wollte, das war nur heute Morgen gewesen!« Was für ein Stein dem Smarten vom Herzen fiel! »Sie hat auch auf dem Zimmer zu Mittag gegessen, das schon …«

»Darf ich mal raufgehen und klopfen?«

»Geh mit!«, sagte der Smarte zu seinem Kollegen.

»Ich bitte Sie!« – Wir kannten uns ja jetzt schon ein bisschen. – »Die Beziehung zwischen Klient und Ermittlungsagentur ist für gewöhnlich äußerst intim und unterliegt strengster Vertraulichkeit!« Dann beruhigte ich sie: »Wenn Frau Foscor auf mein Klopfen nicht reagiert oder ich irgendetwas Auffälliges bemerke, sage ich Ihnen sofort Bescheid, versprochen! Und anschließend werde ich alle Ihre Fragen beantworten, soweit mich meine Klientin dazu autorisiert hat.«

Sie tauschten einen Blick, wobei jeder auf seine Weise den Mund verzog, und kamen meiner Bitte nach.

Im Aufzug zum zweiten Stock nahm ich meinen Block heraus und notierte mir das Datum von Sílvia Foscors Ankunft im Hotel und alle soeben erhaltenen Informationen. Als ich aus dem Aufzug trat, wählte ich die Handynummer, die Sílvia Foscor mir gegeben hatte: Mailbox, wie nicht anders zu erwarten.

Während ich den Korridor entlangging und mich der Nummer 215 näherte, fühlte ich, wie mir vor Angst die Füße immer schwerer wurden. Ich habe genug Krimis gelesen, um zu wissen, dass in Situationen wie dieser für gewöhnlich mit einer Leiche zu rechnen ist. Sílvia Foscor hatte sich seit dem Vorabend nicht aus ihrem Zimmer bewegt und niemanden eingelassen. Was um Himmels willen würde ich in dem Zimmer vorfinden?

Die typische Situation, wie sie unzählige Male von unzähligen Kriminalschriftstellerlehrlingen verbraten worden ist: *Die Tür schien verschlossen, war es aber nicht. Ich drückte mit den Fingerspitzen dagegen. Nein, falsch: ich drückte mit dem Ellbogen dagegen, um keine Fingerabdrü-*

*cke zu hinterlassen und trat ein. Auf den ersten Blick schien niemand da zu sein. Bis ich den Blutfleck neben dem Bett sah. Und den Schuh. Etcetera …* Hinter dem Bett lag dann natürlich die Leiche, wie schon seit der ersten Zeile vorauszusehen.

Ich erreichte die Tür zu Nummer 215, überzeugt, dass der Augenblick für mich gekommen war, über meine erste Leiche zu stolpern.

Ich klopfte. (Tock, tock, ich bin's. Rotkäppchen. Und von drinnen eine rauchige Stimme: *Kömm röin, kömm röin, Rötköppchen …!*)

»Wer ist da?«, fragte Sílvia Foscor. »Wör öst dö?«, um genau zu sein.

»Ich bin's. Tres. Tres Catorze. Mach auf, Sílvia, bitte. Wie du siehst, lass ich mir von dir keinen Bären aufbinden. Ich will mit dir reden!«

Stille auf der anderen Seite der Tür. Mir taten die Beine weh: Sie fühlten sich an, als habe ich schlagartig zugenommen. Ich seufzte tief auf, um den Sauerstoffmangel auszugleichen.

Sílvia kam und kam nicht. Ich legte das Ohr an die Tür und lauschte, ob ich irgendetwas hören konnte, aber nichts.

Gut, ich weiß nicht, ob ihr schon längst ahnt, was ich jenseits der Tür antreffen würde, ich jedenfalls muss gestehen, dass ich damit nicht gerechnet hatte. Es ist ziemlich leicht, den Schlauberger raushängen zu lassen, wenn man dasitzt und liest, eine Cola in der Hand, das Buch mal weglegt, wieder aufschlägt, ein paar Seiten zurückblättert oder einen Blick auf das Folgende wirft. Mir geht es genauso: Wenn ich lese, checke ich auch alles sofort. Aber live, glaubt mir, Freunde, wenn es einem wahrhaftig passiert, dann trifft einen alles unvorbereitet.

Die Tür öffnet sich einen Spalt, nur einen kleinen Spalt, und mit einem schüchternen, verlegenen Lächeln, drei aus der Reihe tanzenden Haaren, leicht angedeuteten Augenringen und barfuß streckt Sílvia die Nase heraus.

»Teresa Pi, wie nett! Habe dich gar nicht erwartet…«

»Ich werde nicht wieder weggehen, ohne mit dir gesprochen zu haben«, stellte ich klar.

Da flog die Tür auf und verwandelte sich mit einem Mal in den Rachen eines Monsters, das einen stinkenden Rülpser von sich gab und mich gleich darauf ins Innere saugte, wo ich mich inmitten einer Poltergeistszene wiederfand: Ich wurde bis zur Decke hinaufgewirbelt, während mir eine Art Alarmsirene – ein Duett aus meinem und Sílvias Kreischen, wie sich herausstellte – fast das Trommelfell zerfetzte.

## 4

Die kurze Zeitspanne, in der ich bis an die Zimmerdecke und dann im Sturzflug wieder runtersauste, genügte mir, die Lage zu erfassen:

Jemand hatte das Telefon neben dem Bett mit einem Hammer oder einem ähnlich massiven Gegenstand zertrümmert, wobei auch der Nachttisch zu Bruch gegangen war. Sílvias kleines Handy dagegen war mit Gewalt zertreten worden und seine Überreste verteilten sich über die Bodenfliesen und den Teppich bis zwischen die Stiletto-

Pumps, die dalagen wie vor Schreck ohnmächtig umgekippt. Das Bettzeug war zerknittert, als habe jemand darauf gesessen, aber es sah nicht so aus, als sei jemand zum Schlafen zwischen die Laken gekrochen, seit das Bett zuletzt von einem penibien Zimmermädchen gemacht worden war. Sílvia hatte die ganze Nacht kein Auge zugetan: Das erklärte die drei aus der Frisur gerutschten Haare und die Augenringe. Außerdem bemerkte ich Brotkrümel und Essensreste rund um einen vom Platz gerückten Sessel und auf einer zierlichen weißen Konsole, die eine bauchige Keramiklampe mit gelbem Schirm hielt.

Das alles erfasste ich auf einen Blick in dem kurzen Moment zwischen meinem Abheben bis zu meiner unsanften Landung in der Zimmerecke. Ich krachte mit der rechten Schulter und Hüfte gegen die Wand und fiel mit voller Wucht auf die Hände.

Ach ja, die Szenerie bestand noch aus zwei weiteren Elementen, die zu erwähnen ich fast vergessen hätte: Sílvia Foscor, die vor Angst all ihre Eleganz und Hochnäsigkeit eingebüßt hatte, und Pillastre. Erinnert ihr euch an ihn? Diese Art *Incredible Hulk*, der immer ein Auge halb zu hatte (+ –)?

Er war es, der die Tür mit einem Ruck aufgerissen und gequakt hatte: »Herein, herein!«, was mir wie ein Rülpser vorgekommen war. Er war es auch, der mich an der Jacke gepackt, mir den Rucksack heruntergezerrt und mich quer durchs Zimmer geschleudert hatte.

Als ich mich, zerschlagen und benommen, wieder aufrappelte, hatte der Rübezahl seine Pfoten bereits in meinem Rucksack gehabt, um zu checken, ob ich bewaffnet war (oder weiß der Geier, was er sonst suchte), und war lauernd vor mir in Kampfstellung gegangen, während sich hinter ihm Sílvia Foscor elektrisiert mit den Fingern vor dem Mund herumwedelte und bettelte:

»Nicht wehtun, nicht wehtun!«

»Keine Angst«, sagte ich, dehnte langsam Schultern und Arme und checkte meine Gelenke, »ich tu ihm schon nicht weh!«

»Du hättest nicht herkommen sollen«, knurrte Pillastre.

»Er hält mich schon seit gestern hier fest!«, rief Sílvia übereifrig, um keinen Zweifel an ihrer Unschuld aufkommen zu lassen. »Als er erfahren hat, dass sie Jacint Dela-Selva verhaftet haben, ist er hierher gekommen, damit ich ihn verstecke. Keine Ahnung, wie er ins Hotel gelangen konnte, aber er hat sich in mein Zimmer geschlichen und will, dass ich ihm Geld beschaffe und zur Flucht verhelfe! Deshalb hab ich dich angerufen! Ich hatte ihm gesagt, vielleicht hat Teresa Pi dich ja gar nicht angezeigt... Ich hab dich angerufen, weil ich mich versichern wollte, dass das auch stimmte...«

Vor lauter Nervosität plapperte sie zwanghaft drauflos und fing schon an, zu viel zu reden.

»Sílvia, halt die Klappe!«, befahl ich, ohne mein Blickduell mit Pillastre aufzugeben (+ – *versus* – +, wenn man mein Veilchen berücksichtigte).

»Und du hast mich *doch* angezeigt!«, versetzte das Monster.

»Was hast du jetzt vor?«, gab ich zurück. »Mir ein paar reinsemmeln? Und wozu soll das gut sein? Sie kriegen dich sowieso. Früher oder später kriegen sie dich. Schaff dir lieber nicht noch mehr Probleme...« Während ich sprach, versuchte ich, mich krampfhaft meiner rudimentären Karatekenntnisse zu entsinnen.

»Sie kriegen mich nicht! Für Sílvia wär's auch besser,

wenn sie mich nicht kriegen, was, Sílvia?«, richtete er sich an das Topmodel, ohne mich jedoch aus den Augen zu lassen. Ich sah keine Chance für einen Überraschungsangriff. »Heute Nacht hauen wir zusammen ab, Sílvia und ich, mit ihrem Volvo. Heute Morgen hat sie endlich mit ihrem Anwalt sprechen können und der hat mir Geld und falsche Papiere zugesagt…«

»Wie willst du mit dem Anwalt telefoniert haben?«, hakte ich nach, um Zeit zu schinden. »Hier sind doch sämtliche Telefone kaputt…?«

»Die hat er erst anschließend kaputtgemacht!«, erklärte Sílvia Foscor aus dem Hintergrund, noch angststarrer als ich. »Er kann Telefone nicht ausstehen. Er empfindet sie als Bedrohung. Kaum dass der Anwalt versprochen hatte herzukommen, hat er gesagt: Basta! Schluss mit dem Gelaber! Und sieh nur, was er dann gemacht hat!«

»Basta!«, wiederholte Pillastre, dass mir das Herz stockte. »Schluss mit dem Gelaber!«

Er schickte sich an, mich genauso zuzurichten wie das Zimmertelefon, dessen Trümmer in den Ruinen des Nachttisches lagen, und das über den ganzen Teppich verstreute Handy.

Zum Glück habe ich eine paranoide Großmutter, die mich zwingt, Unterricht in Selbstverteidigung zu nehmen, wie andere Großmütter ihre Enkelinnen zur Klavierstunde oder in Topflappenhäkelkurse schicken.

Ich bereitete mich auf die Attacke der Bestie vor, wie ich es von meinem Meister Li-Woo auf der Matte in der Sporthalle gelernt hatte. Es ging darum, sich die Kraft des Gegners zunutze zu machen und sie gegen ihn selbst zu kehren.

Ich müsste ihm ausweichen, mich wegducken und nach

rechts springen, ihm mit dem Unterarm einen Schlag unter die Achsel versetzen und ihn zugleich über mein ausgestrecktes Bein stolpern lassen. Damit sollte es mir gelingen, ihn auf die Schnauze zu legen. Unter Ausnutzung des Überraschungseffektes müsste ich ihn dann rasch von hinten packen und mit irgendeinem Griff bewegungsunfähig machen. Ich könnte auch Fausthiebe, Schläge mit der Handkante oder der flachen Hand oder einen gezielten Fußtritt einsetzen.

Doch so weit sollte es gar nicht kommen.

Ich schaffte es nicht.

Pillastre stürzte sich auf mich, ich neigte vorschriftsmäßig den Körper nach rechts und streckte gleichzeitig das Bein aus, um ihn darüber fallen zu lassen und aus dem Gleichgewicht zu bringen. Bis dahin, alles korrekt. Bloß fühlte es sich an, als sei meine Extremität in einen eingeschalteten Flugzeugpropeller geraten: Schien- und Wadenbein im Mixer püriert. Zudem krachte mein Unterarm gegen reines Granit, und ich war sicher, dass er in der Mitte durchgebrochen war.

Pillastre schaute mich tadelnd an, als wollte er sagen: Was hast du denn gedacht, du halbes Hemd?

Glücklicherweise läutete in diesem Moment das Telefon.

Allgemeine Verwunderung!

Telefon?

Irgendwo schmetterte ein Handy die jubelnde, erlösende Melodie des Siebten Kavallerieregiments.

Ein klingelndes Handy?

Ja! In meinem Rucksack! *Mein* Handy!

Mein Gegner war einen glorreichen Augenblick lang abgelenkt. Er fuhr auf und wandte seine eineinhalb Augen von mir ab, um das aufdringliche Gedudel zu lokalisieren.

Er konnte nicht umhin. Es war einfach stärker als er: In jedem Telefon sah er eine furchtbare Bedrohung.

Sílvia Foscor nutzte Pillastres momentane Zerstreutheit, um, *krach*, die bauchige Keramiklampe auf seinen Schädel donnern zu lassen. Seit sie ihm in der Scheune des DelaSelva'schen Landguts die Schaufel übergezogen hatte, kannte sie die exakte Stelle und wusste genau, wie fest sie zuschlagen musste. Sie hatte sich zur Expertin im *Pillastre-Umhauen* entwickelt.

Die Lampe zersprang mit Getöse in tausend Scherben, der Schirm stülpte sich Pillastre über wie ein grotesker Hut, der ihm das Gesicht bedeckte, der Feind brach erst in die Knie und rammte dann die Nase in den Boden.

Aus dem Handy blies noch immer das Horn des Siebten Kavallerieregiments zum Angriff.

Ich grub in meinem Rucksack und zog den rettenden Apparat heraus.

»Hallo?«

»Tres Catorze? Hier ist Miquel.«

(Miquel Dürrrappel-Fahrradnase. Eigentlich hieß er natürlich nicht so, wie ihr euch denken könnt. Er war nur mager und Brillenträger. Ich nenne ihn so, weil es ihn so knapp und anschaulich charakterisiert. In Wirklichkeit hieß er mit Nachnamen Prim wie sein Bruder Daniel.)

»Hör zu, Miquel, ich kann gerade nicht …«

»Du hast gesagt, ich soll dich anrufen, wenn ich dir noch was Wichtiges mitzuteilen habe, stimmt's?«, ratterte er eilig los, um zu verhindern, dass ich auflegte. »Suchst du immer noch nach Felisa Olvan? Ich weiß, wo sie sich versteckt! Willst du also wissen, was ich dir zu sagen habe?«

»Aber ja! Wo steckt sie?«

»Du musst mir helfen! Wo können wir uns treffen?«

»Ich bin im Hotel Cantonada. Und ich denke, dass ich hier vorerst nicht wegkann. Komm her!«

»Bin gleich da! Ich wohne ganz in der Nähe.«

Während ich telefonierte, war Sílvia in die Stiletto-Schuhe gestiegen, hatte sich gekämmt, bis jedes Haar wieder perfekt lag, und ein wenig Make-up aufgelegt, um die Augenschatten von der schlaflosen Nacht zu kaschieren. Derweil hörte sie mir jedoch aufmerksam zu und konnte sich in etwa zusammenreimen, was mir am Telefon gesagt wurde. Sie starrte mich gespannt an.

»Weißt du, wo sich Felisa versteckt?«

»Darüber reden wir später! Jetzt rufe ich die Polizei, und bis sie hier ist, wirst du mir erklären, was dieses Monster damit gemeint hat, dass es für dich auch besser wäre, wenn sie ihn nicht kriegen!«

Ich hatte Sílvia Foscor so kalt erwischt, dass ihr keine Lüge einfiel.

»Ich ... ich wollte ihn engagieren, damit er jemanden umbringt«, sagte sie kleinlaut, sichtlich beschämt. Und setzte dann schnell, bescheiden und flehentlich hinzu: »Ruf die Polizei noch nicht, bitte!«

Ich seufzte und wählte nicht.

»Los, raus damit!«, sagte ich.

»Nicht hier«, entgegnete sie und griff nach ihrer grauen Ledertasche. »Ich halte es in diesem Zimmer keine Sekunde länger aus. Gehen wir an die Bar und besorgen wir uns was zur Stärkung!«

5 Fast wie Flüchtlinge schlichen wir aus dem Zimmer und spähten den Korridor rauf und runter, ängstlich, dass man uns in der Nähe dieses leblosen Riesen und des verwüsteten Zimmers antreffen könnte. Sílvia machte immer noch keine Anstalten zu reden. Sie war sehr nervös und aufgewühlt und kämpfte mühsam gegen die Unruhe an, die sie stocksteif machte.

»Fangen wir vorne an«, sagte ich, während wir den Flur entlangeilten, so schnell es nur ging, ohne zu rennen. »Woher kennst du diesen Typen?«

»Ich kenne ihn überhaupt nicht!«, rief sie aus. Mit einer Hand wühlte sie in der grauen Tasche und suchte etwas. Ich erinnerte mich, dass sie daraus auch schon mal eine Pistole zutage gefördert hatte.

Ich sagte:

»Wenn du nicht versuchst, mich reinzulegen, haben wir's umso schneller hinter uns.«

»Nein, Teresa, nicht mit dem Aufzug«, sagte sie.

Sie setzte eine tiefschwarze Sonnenbrille auf, nahm mich bei der Hand und zog mich ans Ende des Korridors zur Treppe.

»Als wir zusammen auf dem Hof der DelaSelvas waren, da hast du diesen Mann gesehen und wieder erkannt. Jedenfalls hast du dich benommen, als ob du ihn wieder erkannt hättest. Er hat dich erschreckt. Du hast fluchtartig gewendet und bist vor ihm davongedüst. Mich hast du in der Agentur abgesetzt und dann bist du schnurstracks wieder hingefahren… um ihm den Auftrag zu geben, Gaspar Cartron umzulegen.«

»Dir entgeht auch nichts, was?« Ausweichend tat sie, als nehme die Suche nach ihren Zigaretten sie voll und ganz in Anspruch, zog eine aus dem Päckchen, und wo war jetzt schon wieder das Feuerzeug geblieben?

»Nein. Mir entgeht nichts.«

Auf dem Treppenabsatz im ersten Stock hielt sie inne, um die Zigarette anzuzünden. Mit einem befreienden Seufzer stieß sie den Rauch aus und verstaute Zigaretten und Feuerzeug wieder in der Tasche. Nachdem diese ganze Prozedur abgeschlossen war, schaute sie mich mit der Resignation und Aufrichtigkeit eines Menschen an, der weiß, dass der Kelch nicht an ihm vorübergehen wird. Sie setzte sich erneut in Bewegung, und während wir ins Erdgeschoss hinunterstiegen, erzählte sie mir, woher sie den Mann namens Pere-Pau Pillastre kannte. Jenen Zwischenfall in der Feriensiedlung Vistabella, als Pillastre vierundsechzig Mal auf einen zudringlichen Kerl namens Valentí Samponç eindrosch, weil er Sílvia belästigt hatte.

Wir kamen an dem Ende der Hotelhalle heraus, an dem die Bar lag, weit weg von der Rezeptionstheke. Das berühmte Topmodel wusste die stärker frequentierten Bereiche zu umgehen und die besten Verstecke zu finden. Vermutlich war es das Erste, was sie tat, wenn sie ein Hotel bezog: das Gebäude auszukundschaften und die Winkel ausfindig zu machen, in denen sie ungestört sein konnte. In der Bar gab es Säulen, Zwergpalmen, Paravents und noch andere, ebenso dekorative wie abschirmende Raumteiler.

»Wir werden jemandem von der Rezeption Bescheid geben müssen, nicht?«, schlug ich vor.

»Auf keinen Fall! Noch nicht. Zuerst muss ich mit meinem Anwalt reden.« Die Bar war leer und der Kellner hatte außer uns niemanden zu bedienen. »Einen Whisky, bitte! Und was nimmst du?«

»Einen frisch gepressten Orangensaft.«

Sílvia hatte eben erst ihre Zigarette ausgedrückt und steckte sich bereits die nächste an.

»Gibst du mir mal dein Handy? Meins hat der Orang Utan zerlegt...«

Ich reichte ihr mein Handy. Ich hörte sie mit einem Rechtsanwalt namens Farragut sprechen, den sie Farra nannte.

»Farra, bitte, wo bist du? Wann kommst du, Farra? Bist du schon unterwegs oder noch gar nicht aus dem Haus? Farra, Farra, bitte, sei ehrlich, Farra, mach mir jetzt nichts vor...!« So ging das eine ganze Zeit. »Ich hab diesem Untier eine Lampe übergezogen, Farra, und jetzt liegt er da wie tot, Farra, was soll ich bloß machen?« Sie beendete das Gespräch und steckte, flatternd vor Nervosität, mein Handy in ihre Tasche. »Er sagt, er ist gleich hier, er ist schon von der Autobahn runter. Er ist ein Schatz, der Farra! Bis er da ist, sollen wir nichts unternehmen!«

»Und wenn Pillastre wach wird?«, wandte ich ein.

»Soll er halt wach werden! Wo waren wir? Ach ja. Als ich Pillastre vor ein paar Tagen plötzlich gegenüberstand, wann war das?, vorgestern, nicht?, habe ich darin einen Wink des Schicksals gesehen. Und beschlossen, ihn zu engagieren... damit er das macht, was meine Freundin Felisa machen wollte. Er sollte ihr zuvorkommen, verstehst du? Wenn er Gaspar Cartron umbrachte, dann konnte Felisa...« Sie exaltierte sich: »... dann konnte sie es nicht mehr tun... Ich weiß nicht, Teresa... Ich wollte doch nur verhindern, dass Felisa diesen Irrsinn macht. Ich war vollkommen durcheinander und wusste nicht, wie ich meine Freundin schützen sollte. Am Ende hab ich ihm die Schaufel übergezogen, erinnerst du dich?, und aus der Sache ist natürlich nichts geworden...«

»Aber du hattest ihm schon gesagt, wo du wohnst, und

als Pillastre gemerkt hat, dass sie hinter ihm her waren, ist er zu dir gekommen, damit du ihm hilfst. Weil er wusste, dass er dich unter Druck setzen konnte: Wenn du ihm nicht die Flucht ermöglichst, informiert er die Polizei über deine Absichten bezüglich Gaspar Cartrons.«

»Ganz genau. Deshalb musste ich auch unbedingt meinen Anwalt sprechen... Und wenn Pillastre jetzt zu sich kommt...«

Der Kellner servierte Whisky und Orangensaft. Sílvia sagte ihm, er solle es auf die Rechnung von Zimmer zweihundertfünfzehn setzen. Die Eiswürfel klirrten, als sie mit zitternder Hand das Glas an die Lippen führte. Der Orangensaft war nicht gepresst, oder zumindest nicht frisch. Er stammte aus dem Karton. Wen glaubten sie damit reinlegen zu können? Ich mochte gar nicht dran denken, was sie für das Gesöff kassierten ...

»Okay, lassen wir das. Mein Auftrag war, deine Freundin Felisa Olvan zu finden, richtig?«

»Ja!« Ihre Augen wurden größer denn je. »Weißt du, wo sie ist?«

»Noch nicht. Aber ich will wissen, warum du sie suchst. Du hast gesagt, sie sei verrückt und wolle Gaspar Cartron töten...«

»Sie ist total verzweifelt, das arme Ding...«

»So sehr, dass sie ihn umbringen will?«

Sílvia nahm einen Kassettenrekorder aus der Tasche. Sie drückte auf *Play*, das Band war vorbereitet. Ich hörte einen längeren Pfeifton und dann eine Stimme, weiblicher und wohlklingender als die von Sílvia Foscor:

»*Sílvia, hier ist Felisa...*« Ich setze das kursiv, um zu verdeutlichen, dass es sich um eine aufgenommene Stimme handelt.

»Das ist die Nachricht, die sie mir am Freitag, dem Sechsundzwanzigsten, auf dem Anrufbeantworter hinterlassen hat.«

*»Ich habe Gaspar Cartron kennen gelernt. Ich hätte auf dich hören sollen! Er ist ein Schwein. In meinem ganzen Leben bin ich noch nicht so gedemütigt worden. Ich war die Lachnummer für die ganze Saubande. Noch nie hab ich Leute erlebt, die so grausam und so … Verzeih mir, dass ich dich in dieses Drama mit reingezogen habe, das böse enden wird. Es kann nur böse enden. Es tut mir so Leid. Ich habe mir dein Gesicht angeeignet, weil …. weil ich fand, dass die Welt ungerecht ist. Und diese Geschichte hat mir gezeigt, dass sie noch viel ungerechter ist, als ich gedacht habe. Ich habe es satt, immer Opfer von Ungerechtigkeiten zu sein. Die Nächste, die eine Ungerechtigkeit begeht, werde ich sein. Ich werde diesen Kerl umbringen, Sílvia. Ich werde Gaspar Cartron töten, Sílvia, weil er es verdient hat und weil jetzt die Reihe an mir ist.«*

Die schreckliche Überzeugung und Entschlossenheit in dieser Stimme ließ mir das Blut in den Adern gefrieren.

»Traust du ihr zu, dass sie einen ganzen Zug entgleisen lässt, nur um Gaspar Cartron umzubringen?«

Sílvia Foscor brauchte einen Moment, um zu reagieren. Bis dahin hatte ihr Herz einen bestimmten Rhythmus eingehalten, doch mit einem Mal blieb es stehen und sie versteinerte. In der nächsten Sekunde verdoppelte ihr Herz die Schlagfrequenz und mit Sílvia Foscor ging eine Verwandlung vor sich.

»Einen Zug entgleisen lassen? Oh Gott, Teresa! Meinst du etwa, dieses Zugunglück …?« Die fieberhafte Aktivität ihrer grauen Zellen war fast durch den Schädel zu sehen.

»Gaspar Cartron war unter den Opfern. Er liegt im Krankenhaus.«

»Aber… das kann nicht sein… Wie bringt man denn einen Zug zum Entgleisen? Sie… Ich weiß nicht… Allerdings… Oh, mein Gott, und ob! Sie ist immerhin verrückt genug, so was zu machen! Natürlich ist sie das! Wenn sie herausgefunden hat, wie's geht, dann trau ich ihr durchaus zu, dass sie es auch tut…!«

Ich ließ eine Pause entstehen, damit sie sich ein bisschen beruhigen konnte.

»Beginnen wir lieber mit dem Anfang, dann verstehen wir uns eher und sind schneller fertig. Worin besteht Felisas Problem?«

Sílvia Foscor leerte ihren Whisky in einem Zug, die Eiswürfel rutschten ihr an die Oberlippe. Sie sah mich aus glänzenden Augen an.

»Sie ist hässlich«, sagte sie. »Hässlich wie die Nacht. Potthässlich.«

Sechstes Kapitel

# Das Mädchen, das sich Sílvia Foscors Gesicht angeeignet hatte

## 1

Felisa Olvan war Visagistin.

Ihre Arbeit bestand darin, die Schönheit der wunderhübschen Frauen, die sich in ihre Obhut begaben, erst richtig zur Geltung zu bringen. Das Gesicht, das sie nach gründlicher Entfernung aller Schminke vorfand, war häufig nichts sagend, wie ein gewöhnlicher Stein in den Händen eines Juweliers, im Rohzustand von den übrigen Steinen im Gebirge nicht zu unterscheiden. Möglicherweise bestand die Haupttugend dieser Gesichter in ihrer Makellosigkeit. Felisa Olvan begann damit, sie zu studieren, die wesentlichen, ausgeprägtesten Züge zu entdecken, in denen das Charakteristische der ihr Anvertrauten am deutlichsten zum Ausdruck kam. Und mithilfe von Cremes, Puder und Farben gelang es ihr, den Blick (nicht die Augen: den Blick) und das Lächeln (nicht den Mund: das Lächeln) zu betonen und zu verschönern, das Heitere, Entschlossene, Anziehende (nicht Wangen, Stirn, Kinn oder Falten: die Persönlichkeit) herauszuarbeiten und so Kunstwerke zu schaffen, ganz wie der Juwelier aus dem scheinbar wertlosen Gesteinsbrocken einen Diamanten holt. Ein Kunstwerk, zwei, drei, so viele jeweils benötigt wurden, um vom Laufsteg einer Modenschau aus Zuschauerinnen und Zuschauer zu bezaubern.

Das war Felisa Olvans Job. Und durch ihn hatte sie auch Sílvia Foscor kennen gelernt.

Felisa bewunderte Sílvia sehr.

So sehr, dass sie ihr eines Tages das Gesicht stahl.

Das gestand sie ihr Mitte Februar am Cap de Creus inmitten eines Sturmes, während sie ihr für eine Foto-Session das Gesicht zurechtmachte. Felisa schminkte Sílvia an einer geschützten Stelle, weit weg vom Rest des Teams, das dem heftigen Nordwind trotzte und sich hartnäckig bemühte, ein scheinwerferbeladenes Gerüst aufzustellen.

Plötzlich brach Felisa in Tränen aus.

»Was ist denn los mit dir?«, fragte Sílvia.

Letzte Weihnachten hatte Felisa sich auf ihrem Wunschzettel an die Heiligen Drei Könige einen Freund gewünscht. Tatsächlich hatte sie an eine Wochenzeitschrift geschrieben, eines dieser Herzschmerzblätter, mit der Bitte um Vermittlung eines Briefkontaktes zu einem »seriösen, verantwortungsbewussten, sensiblen jungen Mann zwischen 20 und 25 mit lauteren Absichten, dem an geistigen Dingen mehr gelegen ist als an materiellen«.

Kurz nach dem Dreikönigstag erhielt sie ein Bündel von zwanzig oder dreißig Briefen. Alle von Jungs, die ihren Anforderungen gerecht zu werden schienen, und ihr war der eine so recht wie der andere. Dass sie ausgerechnet nach dem Schreiben von Daniel Prim griff, lag daran, dass es aus demselben Dorf kam, in dem sie geboren war und wo sie bis vor zehn Jahren gelebt hatte.

(Ich ergänze Sílvia Foscors Erzählung hier durch jede Menge Details, die ich erst viel später zusammengetragen habe, nachdem ich Felisa selbst befragt und mit Leuten gesprochen hatte, die sie kannten. Die Unterredung zwischen Felisa und Sílvia an jenem Tag im Februar verlief recht chaotisch, und darum war das Model fälschlicherweise davon ausgegangen, dass Felisa noch immer in Tos lebte, und so hatte sie es meinem Partner Rodri mitgeteilt.)

Felisa schrieb dem jungen Mann namens Daniel Prim also einen Brief und erhielt postwendend Antwort. Von der dritten Januar- bis zur ersten Februarwoche wechselten sie ein Dutzend Briefe, in denen sie sich über Politik und Philosophie austauschten, über Poesie und Küche, Kindheitserinnerungen und Zukunftserwartungen, die Bedeutung der Gefühle und die Banalität alles Physischen, Materiellen und Vergänglichen. Trotzdem hatte Felisa, als Daniel Prim sie um ein Foto bat, es nicht über sich gebracht, ihm ein Bild von sich zu schicken. Vielleicht im Glauben, dass es nie zu einem persönlichen Treffen kommen würde, schickte sie ihrem Briefpartner ein Foto von Sílvia Foscor, eins, auf dem das Topmodel besonders hübsch anzusehen war.

»Aber eigentlich *war* es ja ein Bild von *mir*«, hatte sie sich weinend gerechtfertigt, »von mir geschaffen, mit meinen eigenen Händen. Ich hatte dieses Gesicht geschaffen, ich hatte es zu dem gemacht, was es war …«

In Anbetracht dieser Traumfrau verlangte Daniel Prim so schnell wie möglich ein Zusammentreffen. In seinem Brief vom 13. Februar schwor er ihr ewige Liebe, versprach ihr eine Zukunft voller Glück und Freude ohne Ende, beteuerte, sich den schwersten und riskantesten Prüfungen unterziehen zu wollen, um das Herz seiner Angebeteten zu gewinnen. Und sollte Felisa ihn nicht erhören, drohte er, bei ihr zu Hause aufzukreuzen, vor ihr auf die Knie zu fallen, ihr die Füße zu küssen und seine flehentliche Bitte zu wiederholen. (Denn Felisa war so unvorsichtig gewesen, sich die Korrespondenz an ihre richtige Adresse schicken zu lassen, während Daniel Prim sie über ein Postfach abgewickelt hatte.)

Felisa weinte, weil sie die Reaktion Daniel Prims ahnte, wenn sie sich erst gegenüberstünden. Sie weinte, während sie Sílvia in ihren Kummer einweihte und sie im Anschluss um einen hirnrissigen Gefallen bat. Und sie weinte so sehr, so leidenschaftlich und verzweifelt, dass Sílvia (die sich ja auch geschmeichelt fühlte, dass der Brieffreund sich so unsterblich in ihr Gesicht verliebt hatte) ihr den Wunsch nicht abschlagen konnte.

»Könntest du vielleicht mit ihm reden …? Sagen wir, du bereitest ihn ein bisschen auf das Date mit mir vor …!«

In einer Hollywood-Schnulze wäre Sílvia Foscor nun einem wundervollen, charmanten Mann begegnet und hätte sich verliebt.

Im wirklichen Leben jedoch traf sie auf einen derben Klotz, der sie mitsamt seiner Clique in der vereinbarten Kneipe erwartete, in der offensichtlichen Absicht, mit ihr zu protzen. Der Typ, der sich als Daniel Prim vorstellte, erwies sich als sabbernder Dummkopf und verkroch sich, eingeschüchtert von der Schönheit des Mädchens, mit dem er verabredet war, hinter seinen Kumpanen. Er lachte mit weit aufgerissenem Mund und seine leuchtenden Augen schienen beständig in die Runde zu fragen: »Na, seid ihr neidisch? Da seid ihr neidisch, was? Ihr wolltet mir ja nicht glauben, was für ein Superweib ich an Land gezogen habe!« Sie verbrachten den ganzen Nachmittag damit, blöde Witze zu reißen und stumpfsinniges Zeug zu reden. Sílvia fand keine Gelegenheit zu sagen, wozu sie gekommen war.

»Dann hat er mich nach Hause gefahren und das war's.«

»Und deshalb bist du zwei Tage später nochmal zu ihm!«, warf ich ein.

»Ich soll zwei Tage später nochmal bei ihm gewesen sein…?« Ihre Lider flatterten und sie verlor den Faden.

»Ja«, klärte ich sie auf, damit sie sah, dass ich besser im Bilde war, als sie dachte. »Am Samstag, dem Zwanzigsten. Du hast dir auf irgendeinem Weg die Adresse von Daniel Prim beschafft und bist stinkwütend bei ihm aufgekreuzt. Und dabei hast du festgestellt, dass Daniel Prim nicht der war, den du erwartet hattest…«

»Ganz genau!«, fuhr sie auf und ihre Geste bekräftigte: Ebendarauf wollte ich hinaus! »Ich habe Felisa gesagt, sie solle die Sache besser vergessen, diese Meute von Blödmännern würde ihr bestimmt nicht gefallen, aber sie… Wer weiß, vielleicht hat sie mir nicht geglaubt. Sie bestand darauf, mit Daniel Prim zu reden. Sie meinte, ein Mann, der so einfühlsame und romantische Briefe schreiben konnte, wie sie sie von ihm erhalten hatte, müsste einfach einen guten Kern haben. Sie ist so was von blauäugig… Also brachte ich über das Autokennzeichen seine Adresse in Erfahrung. Ich habe einen Freund bei der Zulassungsstelle, der sie mir besorgt hat…«

»Und so hast du festgestellt, dass Felisas Briefpartner in Wahrheit Gaspar Cartron war!«

»Ganz recht! Diese feige Sau hat sich hinter der Identität eines anderen verschanzt, kapierst du?«

»Wieso feige Sau?«, fragte ich. »Vielleicht war es auch bloß ein Scherz unter Freunden…?«

»Ach was! Daniel Prim hat mir später alles gestanden! Daniel hatte an die Illustrierte geschrieben, um mit Felisa in Briefkontakt zu treten, nie eine Antwort erhalten und die Sache nicht weiter verfolgt. Weil nämlich Gaspar Cartron…«

Das kam mir bekannt vor. Ich erriet, wie es weiterging:

»... der als Briefträger arbeitet, in der Korrespondenz seines Freundes geschnüffelt hat!«

Es lag auf der Hand. Gaspar Cartron sieht, dass sein Freund Daniel Prim Post von einem Mädchen bekommt. Er öffnet den Umschlag, um sich einen Spaß zu machen, und beschließt, nachdem er den Brief gelesen hat, seine Stelle einzunehmen. Ein harmloser Streich. Das Mädchen antwortet, er schreibt zurück, und so beginnen sie ihren brieflichen Flirt. Dann erhält er das Foto und das Mädchen erweist sich als spektakuläres Prachtweib, eine wahre Filmschönheit. Und er bittet sie um ein Date. Da er sich ihr gegenüber aber nun mal als Daniel Prim ausgegeben hat, bedient er sich auch bei ihrem Treffen dieses Namens und benutzt sogar das Auto seines Freundes.

»An dem Samstag aber, dem Zwanzigsten, als ich bei ihm war, hat Daniel alles ausgepackt und mir die Adresse von Gaspar Cartron gegeben ...«

»Logisch!«, rief ich aus. Schließlich, so dachte ich, musste Daniel gekränkt gewesen sein, als er erfuhr, dass der andere seine Korrespondenz gelesen hatte, und außerdem von Neid zerfressen, als er sah, dass diese Wahnsinnsbraut immer noch hinter seinem Freund her war.

»Ich bin zu Gaspar Cartron nach Hause gegangen und habe mit ihm besprochen, worüber ich in Gegenwart seiner Clique nicht hatte reden können. Ich habe ihm gesagt, Felisa Olvan wolle ihn sprechen, er möge bitte zusagen und sie anständig behandeln. Daraufhin habe ich mit Felisa gesprochen und ihr gesagt, ihr Briefpartner sei nicht Daniel Prim, sondern Gaspar Cartron, und noch einmal versucht, sie zu überreden, das Ganze auf sich beruhen zu lassen. Aber es war nichts zu machen. Ob Gaspar Cartron zu ihr passte oder nicht, wollte sie selbst entscheiden. Sie war völlig verblendet. Für sie stand fest, dass sie beide sehr schüchtern waren und sich nur deshalb voreinander versteckt hatten: sie, indem sie ihm ein Foto von mir schickte, und er, indem er sich als seinen Freund ausgab … Sie wollte nicht wahrhaben, dass die Leute sich häufig nicht aus Schüchternheit, sondern aus Feigheit verstecken«, fügte Sílvia Foscor leicht bekümmert hinzu. »Ich hätte nie zulassen dürfen, dass sie sich begegnen. Gaspar Cartron war enttäuscht, dass nicht ich seine Briefpartnerin war. Er war stinksauer. Ich hätte voraussehen müssen, dass Gaspar Cartron seine Wut an Felisa auslassen würde. Unansehnliche Menschen stacheln die niederen Instinkte perverser Leute an. Hässlichkeit erregt kein Mitleid. Ganz im Gegenteil wecken hässliche Menschen manchmal die Bestie in den anderen!«

Über Clowns muss man lachen, weil sie hässlich sind. Sie schminken sich dicke Dorftrottelaugenbrauen, kleben sich eine rote Saufnase ins Gesicht und kleiden sich grotesk hässlich, um uns zum Lachen zu bringen. Sie sind lächerlich. (Das alles hat Sílvia Foscor nicht gesagt. Das ist mir in den Sinn gekommen, weil ich diesem Thema gegenüber hochempfindlich war. Ich wusste zur Genüge, dass die Hässlichen niemand will. An diesem Tag fühlte ich mich wie die Hässlichste aller Hässlichen.) Von klein auf bringt man uns bei, Hässlichkeit auszulachen. »Hässlich« ist für Kinder die Beleidigung schlechthin, ein Synonym für »böse«. Mancher hält es für das Schlimmste am Altwerden, dass es den Menschen vom etablierten Schönheitsbegriff entfernt und somit zur Hässlichkeit verdammt. Es fällt schwer, eine hässliche Person ernst zu nehmen. Wer hässlich ist, hat witzig zu sein und gute Laune zu verbreiten, denn hässlich *und* unsympathisch wäre gar nicht auszuhalten. So konnten Zwerge und Bucklige im Mittelalter nur Hofnarren werden und die Neger in den Stummfilmen waren grundsätzlich Schisser und mussten alberne Grimassen schneiden. Es war eine ganze Reihe Sidney Poitiers, Denzel Washingtons und Whitney Houstons und viele olympische Medaillen und Schüsse und Tote auf den Straßen Nordamerikas und Südafrikas vonnöten, bis man die Schönheit der Schwarzen erkannte. Mädchen, die den Schönheitsstandard nicht erfüllen, sind im Regelwerk der *political correctness* noch längst nicht ausreichend berücksichtigt. Sie werden sich noch sehr anstrengen müssen, ehe man sie wie normale Menschen behandelt. Eine Hässliche bleibt beim Tanzen sitzen, weil niemand sich mit Mauerblümchen abgeben mag, und der Junge, der sich gezwungen sieht, mit jemandem wie Felisa Olvan auszugehen, würde sich ihrer viel mehr schämen, als wenn seine Begleiterin eine hübsche Rassistin oder eine elegante Unternehmerin wäre, die ihre Angestellten aussaugt bis aufs Blut.

»Jedenfalls hat Gaspar Cartron Felisa offenbar angerufen und sich mit ihr für Donnerstag, den Fünfundzwanzigsten, verabredet«, erzählte Sílvia weiter. »Am Mittwoch, dem Vierundzwanzigsten, kam sie mich besuchen. Noch nie hatte ich sie so glücklich und fröhlich erlebt, die arme Felisa. Sie hat mir das Make-up beschrieben, das sie tragen würde, und mich um Rat gebeten, welches Kleid sie anziehen sollte… Ich hatte keine Zeit für sie, ich musste zu einem Foto-Shooting nach Amsterdam. Sie hat sich entschuldigt, weil sie als meine Lieblingsvisagistin eigentlich hätte mitfahren sollen, und mir eine Vertreterin geschickt, um das Rendezvous mit Gaspar Cartron einhalten zu können. Armes Dingelchen!«

Sílvia zerfloss vor Mitleid.

Weder sie noch ich wussten, was Gaspar Cartron mit Felisa Olvan angestellt hatte. Mich persönlich interessiert es auch gar nicht. Auf alle Fälle musste es ziemlich krass gewesen sein, damit Felisa nach der Begegnung mit dem Briefträger zornbebend Sílvia anrief und eine derartige Nachricht auf dem Anrufbeantworter hinterließ:

*»Ich habe Gaspar Cartron kennen gelernt. Ich hätte auf dich hören sollen! Er ist ein Schwein. In meinem ganzen Leben bin ich nicht so gedemütigt worden … Ich werde diesen Kerl umbringen, Sílvia. Ich werde Gaspar Cartron töten, Sílvia, weil er es verdient hat und weil ich jetzt auch mal an der Reihe bin!«*

»Für sie war das sicher nichts Neues«, meinte Sílvia. »Ich nehme an, dass sie schon öfter solche Kränkungen erlebt hat und ein gebranntes Kind ist. Und so hat sie an dem Tag, als sie bei mir war, während ich hin und her lief und Koffer packte, meine Handtasche durchsucht, meinen Kalender gefunden und den Zettel entdeckt, auf dem ich die Anschrift von Gaspar Cartron notiert hatte. Ich hab sie zwar nicht in flagranti ertappt, aber irgendwie ein komisches Gefühl gehabt. Ich hab sie gefragt: Was machst du denn da?, sie hat irgendwas geantwortet und ich habe der Sache keine weitere Bedeutung beigemessen. Erst viel später, am Abend meiner Rückkehr aus Amsterdam, ist mir das wieder eingefallen.«

Nachdem sie Felisas Nachricht abgehört hatte, habe sie hastig nach ihrer Tasche gegriffen und festgestellt, dass Gaspar Cartrons Adresse verschwunden war. Da habe sie die Gewissheit gehabt, dass Felisa etwas im Schilde führte, und die Suche nach der Freundin aufgenommen. Diese habe dem Abend mit Gaspar Cartron so erwartungsvoll entgegengesehen und auf dem Band so außer sich geklungen, dass sie um Felisas Leben gefürchtet habe. Sie traue ihr sowohl einen Selbstmord als auch einen Mord zu. Sie habe gedacht, Felisa wohne in Tos, weshalb sie am Dritten in der Detektei vorstellig geworden sei, um uns den Auftrag zu geben, sie zu finden. Von dem Zugunglück tags zuvor habe sie zwar gehört, es aber nicht mit Felisa in Verbindung gebracht, natürlich nicht!

»Und da haben wir uns kennen gelernt.« Ich war mit meinen Gedanken halb in der zweiten Etage, wo Pillastre wahrscheinlich langsam zu sich kam wie einer dieser Untoten, die wütend und streitsüchtig ihrem Grab entsteigen. Also kürzte ich die Sache ab: »Und ich habe was von einem Mord gequasselt…«

»Und mir ist eine bescheuerte Idee gekommen«, gab Sílvia zu. »Um meine Freundin zu schützen, dachte ich, wenn ich einen Killer fände, der ihr zuvorkommt, könnte das ihre Rettung sein.«

»Soll das heißen, du wolltest einen Killer engagieren, damit er Gaspar Cartron kaltmacht, bevor es deine Freundin tut? Und damit wolltest du sie *retten*?«

Mir klappte der Unterkiefer runter. Begreiflich, nicht? Und sie saß da wie ein braves kleines Mädchen und schaute drein, als könnte sie kein Wässerchen trüben.

»Das hab ich aber sofort bereut! Und am Ende ist der Schuss nach hinten losgegangen, weil der Orang-Utan im Hotel erschienen ist und mich erpresst hat. Zum Glück bist du dann aufgetaucht…«

Plötzlich blitzten Sílvias Unschuldsaugen erschrocken auf und richteten sich auf die Zwergpalme in meinem Rücken. Unwillkürlich fuhr ich herum und erkannte Miquel Dürrrappel-Fahrradnase, der uns beklommen beobachtete.

»Tres Catorze?« Er japste, als sei er durchs ganze Dorf gesprintet.

»He!«, machte ich.

»Heeey ...!«, machte Sílvia Foscor begeistert.

Sie kannten sich. Sílvia stürzte sich auf den Jungen und ergriff seine Hände, als wolle sie sie küssen.

»Miquel! Wo ist Felisa?«

»Warum?«, stammelte er irritiert.

»Nur so«, improvisierte ich, »Frauenangelegenheiten ...«

»Hast du einen Moment Zeit?«, fragte Miquel Dürrrappel-Fahrradnase mit einem vielsagenden Blick auf Sílvia Foscor, die noch immer aussah, als wolle sie sich ihm zu Füßen werfen.

»Du kannst ruhig reden!«, beruhigte ihn das Model. »Ich bin doch Felisas Freundin. Du bist hier, um über sie zu sprechen, stimmt's? Weißt du tatsächlich, wo sie ist?«

»Sílvia, bitte ...«, bremste ich sie und setzte hinzu: »Wir Detektive sind wie Beichtväter. Wir brauchen Privatsphäre, das weißt du doch selbst am besten. Übrigens dürfte dein Anwalt jeden Augenblick hier sein.«

Das schmeckte ihr zwar überhaupt nicht, doch wanderte ihr Blick bei meinen Worten zur anderen Seite der Hotelhalle, wo sie in diesem Augenblick etwas erspähte, das ihre Aufmerksamkeit von uns ablenkte:

»Du hast Recht!«, rief sie aus. »Da ist Farra!« Sie sprang auf und krähte: »Farra! Farra!«, während sie sich durch Zwergpalmen, Säulen und andere Hindernisse den Weg zur Rezeption bahnte.

## 2

Miquel Dürrrappel-Fahrradnase setzte sich neben mich. Von der anderen Seite seiner dicken Vergrößerungsgläser schaute er mir eindringlich ins Gesicht, und man sah ihm an, dass ihm angst und bange war. In diesem Moment betrachtete ich ihn mit anderen Augen. Er schien mir nicht mehr der widerliche Streber und Klugscheißer, der verklemmte Mickerling zu sein, der immer gebeugt herumschlich, die Nase in einem Buch vergraben. Ich erkannte die Intelligenz, die in seinen Pupillen glänzte, und verstand, dass er sich zurückzog, weil er das Leben ernst nahm und Leichtsinn hasste. Miquel war für mich immer der Hässliche der Klasse gewesen, und jetzt, da ich mich genauso hässlich, wenn nicht noch hässlicher, und von diesem Thema ganz besonders betroffen fühlte, spürte ich ein Band der Sympathie zwischen uns. Er mochte wohl ein bisschen verbiestert und kauzig sein, aber in diesem Moment verzieh ich ihm das: Das Leben der Hässlichen ist hart und bitter genug, als dass man uns obendrein noch Sinn für Humor abverlangen könnte. (Und dabei wird eben das pausenlos von uns erwartet.)

»Felisa ist unschuldig!«, rief er inbrünstig (und ich hatte den Eindruck, er konnte sich gerade noch beherrschen, nicht nach meiner Hand zu greifen). »Und sie wollen ihr alles in die Schuhe schieben, alles, Tres! Sie behaupten, sie hätte Gaspar Cartron die Reifen zerstochen! Sogar für das Zugunglück macht man sie verantwortlich!«

»Und war sie's nicht?«

»Natürlich nicht!« Er sprang fast aus dem Sessel vor Empörung. »Wie kommst du darauf, dass Felisa einen Zug zum Entgleisen bringen könnte?«

»Jemand muss es ja gewesen sein, oder nicht? Okay. Schieß los. Woher kennst du Felisa Olvan?«

»Sie war bei uns zu Hause«, berichtete Miquel Prim. Um mir zu zeigen, dass er willens war, alles auszuspucken, kam er meinen Rückfragen zuvor und präzisierte: »Letzten Samstag, dem siebenundzwanzigsten Februar. Sie hat auch nach Gaspar Cartron gefragt, genau wie Sílvia Foscor!«

Kein Wunder. Auf dem Zettel, den Felisa aus Sílvias Handtasche entwendet hatte, stand die Adresse, die Sílvia anhand von Daniel Prims Autokennzeichen herausgekriegt hatte.

»So haben wir uns kennen gelernt«, sagte Miquel Prim. Und mir gefiel, wie er es sagte. Als sei er froh, sie kennen gelernt zu haben. »Sie hat nach Gaspar Cartron gefragt, und als ich ihr gesagt habe, dass sie bei uns falsch war, hat sie angefangen zu weinen, so was von anrührend und herzzerreißend …« *So was von anrührend und herzzerreißend.* Er war der Erste, den ich in diesem Ton von Felisa Olvan sprechen hörte. »Mein Bruder war nicht da und mein Gitarrenlehrer noch nicht gekommen, und sonst war niemand zu Hause, also stand ich da mit ihr in der Tür und sie schluchzte so hilflos. Ich dachte, es wäre wohl nicht so gut, sie hereinzubitten, damit sie nicht auf falsche Gedanken käme, und so hab ich gesagt: Warte einen Moment!, und dann bin ich mit ihr spazieren gegangen, um sie zu trösten. Wir sind ein Stück gelaufen, haben ein Mineralwasser in der Bar bei uns unten im Haus getrunken, und dabei hat sie mir alles erzählt. Von dem Briefwechsel und allem, was mein Bruder und Gaspar Cartron und die ganze Clique ihr angetan hatten …«

»Was haben sie ihr denn angetan?«, fragte ich, das Schlimmste befürchtend.

»Nein, nein, sie haben sie nicht vergewaltigt oder so was in der Art.« Dann korrigierte er sich: »Naja, es sei denn, du siehst es als eine Art Vergewaltigung an, dass sie sie ausgelacht, bloßgestellt und ihr das Gefühl gegeben haben, minderwertig und abstoßend zu sein. Den ganzen Abend haben sie sich auf ihre Kosten amüsiert. Sie haben sie mit in eine Diskothek genommen, sie in einer Ecke sitzen lassen und die unmöglichsten Typen losgeschickt, damit sie sie zum Tanzen aufforderten…« Miquel fasste zusammen: »Sie sind echt zu weit gegangen. Sie hat sie angefleht: Bringt mich nach Hause, bringt mich nach Hause, und sie haben sich kaputtgelacht. Während sie mir das erzählte, wollte sie immer abwechselnd sterben oder Gaspar Cartron umbringen. Du müsstest mal sehen, wie sie seitdem lebt, unter einer Brücke, zusammen mit einem versoffenen, verrückten Penner, der sie beschützt…«

»Unter einer Brücke?«, rief ich entsetzt aus.

»Unter dem Pont de les Mosques. Sie hat mich mit dorthin genommen. Sie hat gesagt, das sei ihr Geheimversteck, und ich musste ihr versprechen, es niemandem zu verraten. Aber mir wollte sie es zeigen, damit ich begreife, wie ihr zumute war. Sie hat gesagt, das sei der Platz, der ihr zusteht, ihr natürliches Refugium, inmitten der Hässlichen, der Ausgestoßenen, der Verachteten, inmitten von Dreck und Müll und Ratten, inmitten von all dem, das die Welt links liegen lässt.« Ich bekam eine Gänsehaut. »Am Mittwochabend, als wir uns im Stadion getroffen haben, hätte ich es dir fast gesagt. Ich hatte ihr von dir erzählt: Tres Catorze wird dir bestimmt helfen!, aber sie hatte gesagt, nein, nein, sie wolle niemanden mehr sehen. Und dieser versoffene Tippelbruder, mit dem sie zusammen ist, hat mir gedroht, wenn ich dich einschalte, würde er mir die Fresse polieren. Ich hab Angst, sie wird zu einer von diesen Obdachlosen, die auf Pappkartons in den Hauseingängen schlafen. Sie ist entschlossen, so zu leben, von Almosen, aus Protest gegen die Welt. Aber das ist noch nicht das Schlimmste!«

»Ach nein?«, sagte ich matt.

»Das Schlimmste ist, dass mein Bruder und Gaspar heute Nachmittag eine Verschwörung gegen sie angezettelt haben. Das war es eigentlich, was ich dir sagen wollte. Heute Nachmittag hat Gaspar meinen Bruder angerufen. Ich hab Felisas Namen aufgeschnappt und deshalb heimlich gelauscht. Gaspar hat gesagt, Felisa hätte den Zug zum Entgleisen gebracht, weil sie ihn umbringen wollte! Das weiß ich, weil Daniel seinen Ohren nicht getraut und alles wiederholt hat wie ein Papagei. Was sagst du da? Sie hat dich umbringen wollen? Sie soll das Zugunglück verursacht haben? Anzeigen sollen wir sie? So in dem Stil.« Mich erfasste ein leichter Schwindel. Ich fühlte mich schuldig. »Und dann hat Gaspar meinen Bruder überredet, der Polizei zu sagen, Felisa habe ihm vor Zeugen gedroht, ihn umzubringen, und erklärt, sie würde es ihm schon noch zeigen, und dass er sie mit einer Eisensäge und einem Stahlseil gesehen hätte und so weiter. Ach ja, und dass Felisa ihm die Reifen zerstochen hätte. Ach ja…« Es kam immer noch was: Er sah mich fest an und sagte vorwurfsvoll: »Und dass es da noch ein Mädchen gebe, *eine Privatdetektivin*, die auch bereit sei, als Zeugin für ihn aufzutreten und diese ganze These zu unterstützen. Mir scheint, damit hat er dich gemeint!«

Als ich das hörte, gingen mir fast die Nerven durch. Ohne jeden Zweifel war dieser Anruf Gaspar Cartrons Reaktion auf meinen Besuch im Krankenhaus. An seiner fixen Idee, Felisa Olvan könnte den Zug sabotiert haben, war ich schuld. Diesen Floh hatte *ich* ihm ins Ohr gesetzt, als es um die fünf Millionen Peseten ging, die er angeblich kassieren würde, für den Fall, dass man ihn tatsächlich hätte umbringen wollen! Und da hatte er nichts Eiligeres zu tun gehabt, als seinen Freund anzurufen und ihn um die nötige Unterstützung zu bitten.

»Du glaubst also nicht, dass Felisa den Zug zum Entgleisen gebracht hat?«, murmelte ich, um sicherzugehen.

»Natürlich nicht!«, wehrte er empört ab. »Was redest du denn da für einen Stuss? Wie kommst du bloß darauf? Das kannst du doch gar nicht beweisen? Was hast du für Beweise?«

»Ich weiß schon, warum ich das sage!«, verteidigte ich mich. »Und du, wie kannst du so sicher sein, dass sie es nicht war? Man braucht keine große Kraft dazu. Nur Geduld, die vielen Schrauben zu lockern und das Gleis durchzusägen. Dann bindest du das Stahlseil fest, ziehst mit dem Auto daran und die Schiene verbiegt sich von allein …«

»Aber Felisa Olvan hat doch gar kein Auto!«

Ich schüttelte den Kopf. Felisa konnte ein Auto haben, ohne dass Miquel davon wusste.

»Sie hat dir gesagt, dass sie Gaspar Cartron umbringen will, stimmt's?«

Das hatte sie gesagt.

»Aber dazu wäre sie nie fähig …«

»Hast du nicht selbst gesagt, dass sie völlig neben der Spur und verzweifelt war?«

»Sie war sehr verzweifelt, aber … das kann nicht sein!«

»Kann nicht sein« war kein Argument. Schwach wie die Stimme, mit der er es sagte.

»Wie verzweifelt?«

»Sehr verzweifelt, aber das kann nicht sein.«

»Würdest du sagen, sie ist durchgedreht?«

Er nickte, *durchgedreht* könnte ein Begriff sein, der sich auch auf Felisa anwenden ließe.

»Würdest du sagen, dass sie nicht ganz richtig im Kopf ist?«, beharrte ich.

»Mag ja sein, dass sie nicht ganz richtig im Kopf ist, aber den Zug kann sie nicht zum Entgleisen gebracht haben!«

»Wie kannst du so sicher sein? Warst du mit ihr zusammen, als er entgleist ist?« War er nicht. »Hat sie dir gesagt, dass sie es nicht machen würde, dass sie es nicht vorhatte? Hat sie dir gesagt, dass sie es nicht war?«

Miquel verließ der Mut.

»Sie hat mir nicht gesagt, dass sie es nicht war, weil ich meine Bekannten niemals danach frage, ob sie Züge zum Entgleisen gebracht hätten! Weil das Schwachsinn ist! Komm mit mir, sprich mit ihr, und dann wirst du auch meiner Meinung sein!«

»Okay! Ich komme mit und rede mit ihr!«

Wir waren schon aufgestanden, als Sílvia Foscor in heller Aufregung erneut auf den Plan trat und dabei mein Handy schwenkte.

»Oje, oje, oje, oje!«, sagte sie. »Teresa, Teresa, entschuldige, oh, seid ihr fertig? Tut mir Leid, Teresa, aber ich hab aus Versehen dein Handy eingesteckt … Und, entschuldige, aber ich bin in deine Mailbox geraten, weiß nicht, welchen Knopf ich erwischt hab, und du hast da eine Nachricht, die, naja, die dich vermutlich interessieren wird …«

Die Hotelhalle war ruhig. Keine Polizei, keine Sanitäter mit Tragbahren, niemand, der Sílvia Foscor besondere Beachtung geschenkt hätte.

»Wie steht's?«, fragte ich sie, während ich auf dem Handy ein paar Knöpfchen drückte.

»Farragut spricht gerade mit der Hotelleitung. Pillastre

haben wir oben im Zimmer unter Bewachung gestellt. Jetzt kann ich hier natürlich nicht weg!«

Ich hielt das Telefon ans Ohr.

»Sie haben eine neue Sprachnachricht«, sagte eine exquisite elektronische Stimme. »Erste neue Nachricht, empfangen um siebzehn Uhr und siebenundzwanzig Minuten.«

Der Anruf lag also noch keine halbe Stunde zurück.

Eine vertraute Stimme:

»Tres?« Wer war das? »Ich bin's. Titi.« Titi! Ich erschrak. Er klang hundemüde. »Ich bin... Ich brauche dich, Tres. Ich bin in ein Loch gefallen. Ich hab eben eine Leiche entdeckt! Ruf mich an, bitte! Komme aus diesem Loch nicht raus! Ich bin oben am Penyal, in der Feriensiedlung Les Heures. Ruf mich an und ich sag dir, wo genau du mich findest. Bitte!«

Mit offenem Mund und weit aufgerissenen Augen starrte ich Sílvia an, deren Gesicht meine Mimik widerspiegelte, als äffe sie mich nach. Nur dass meine Miene »Waaaas?« bedeutete, während ihre leicht amüsiert besagte: »Au weia, was für aufregende Abenteuer du erlebst, Mensch! Da wird man ja ganz neidisch!«

»Ich muss zur Feriensiedlung Les Heures!«, verkündete ich, zitternd von Kopf bis Fuß. »Weiß jemand, wo das ist? Kann mich da jemand hinbringen?«

Sílvias Geste bekräftigte, dass sie jetzt nicht weg könne. Sonst liebend gern, aber...

Der Einzige, der mich begleiten konnte, war Miquel Dürrrappel-Fahrradnase. Aber Miquel Dürrrappel-Fahrradnase hatte kein Auto.

## Siebtes Kapitel

# Sílvia Foscors Freundin

**1** Ich sagte:

»Ich bin mit dem Rad da. Und du?«

»Wir nehmen ein Taxi!«, antwortete Miquel und steuerte entschlossen die Empfangstheke an.

Er verblüffte mich. Das Taxi ist ein Transportmittel, das ich immer als jenseits meiner Möglichkeiten betrachtet habe, weil es teuer ist und in einem so kleinen Dorf wie Tos höchstens für Notfälle in Frage kommt. Na, wenn das allerdings kein Notfall war, dann weiß ich nicht, was ein Notfall ist! Die entschiedene und selbstbewusste Art, wie Miquel durch die Halle schritt und sich an den uniformierten Rezeptionisten wandte, ließ ihn in meinen Augen wachsen. Am liebsten hätte ich gelacht und in die Hände geklatscht, wäre die Lage nicht so tragisch gewesen.

»Könnten Sie mir bitte ein Taxi rufen?«

»Sind Sie Gast bei uns?«, fragte der Smartere, Misstrauischere, Verschlossenere und Arrogantere der beiden.

»Nein, ich bin kein Hotelgast, aber wir sind Freunde von Sílvia Foscor und es handelt sich um einen Notfall, ich nehme an, Sie wissen, von wem ich rede!«, sagte Miquel laut, so bewunderswert energisch, wie man es ihm nie zugetraut hätte.

Im Handumdrehen hatten wir ein Taxi vor der Tür. Ich

trug dem Fahrer auf, uns zur Feriensiedlung Les Heures zu bringen, und während der Mann losfuhr und die Landstraße nahm, setzte ich Miquel kurz ins Bild: Titi sei mein Kollege aus der Detektei und sitze in der Tinte.

»Das heißt, du bist tatsächlich Detektivin!«, wunderte sich Miquel, halb amüsiert, halb ungläubig.

Ich erwiderte nichts, weil ich zu sehr damit beschäftigt war, Titis Handynummer einzutippen.

»Ja!«, schrie Titi ins Telefon.

»Titi! Ich bin's, Tres! Wo bist du?«

»Titi?«, lachte der Taxifahrer, »Titi, Tres! Was für Namen!«

»Tres!«, hörte ich Titis Stimme. »Ich sitze in einem Loch!«

»Im übertragenen Sinn …?«

»Im wahrsten Sinn des Wortes! In einem Loch voller Matsch, einer Baugrube von Kanalisationsarbeiten … Ich hab einen Toten gesehen, Tres!«

»Einen Toten?«, japste ich und Miquel und der Taxifahrer hielten den Atem an. Der Fahrer beobachtete mich im Rückspiegel.

»Der Rambo«, erklärte Titi, »der, den sie Herr Di genannt haben, weißt du noch? Er liegt tot hier in der Nähe … In einem Haus im Rohbau. Er ist erschossen worden!«

In diesem Augenblick konnte mich nichts mehr schocken. Nicht mal Totgeschossene.

»Gleich hol ich dich da raus! Ich bin unterwegs nach Les Heures!«

»Wenn ihr das Hinweisschild auf der Straße seht, nehmt ihr die nächste Möglichkeit rechts ab, einen Feldweg, der rechts um das Verwaltungshäuschen herumführt, kapiert? Nicht die asphaltierte Straße. Vor dem ersten Haus siehst du einen Suzuki-Geländewagen stehen und in dem Haus liegt Herr Di, tot.«

Herr Di? Woher kannte ich diesen komischen Namen? Vage entsann ich mich, ihn während meiner panischen Flucht durch das Lagerhaus von L. A. Boro im Industriegebiet von Tos gehört zu haben, als hinter mir jemand rief: »Herr Di, Herr Di! Wo zum Teufel stecken Sie? Herr Di!« Auch glaubte ich, mich zu erinnern, dass in Titis Aussagen vor den Mossos d'esquadra von einem Mann im Tarnanzug die Rede gewesen war, den sie »Herr Di« nannten.

»Ich bin ein Stückchen weiter den Feldweg entlang, wo der Wald anfängt«, fuhr Titi fort. »Links zwischen den Bäumen stehen ein paar Bagger und der ganze Boden ist aufgegraben. Da gibt es eine tiefe Grube und in der stecke ich! Man hat mich von hinten angegriffen und reingeworfen!«

»Ich rufe nach dir, wenn wir da sind.«

Ich beendete die Verbindung und bekam sofort ein schlechtes Gewissen, meinen Freund (naja, lassen wir es lieber bei Kollege, vor ein paar Tagen hätte ich Verehrer gesagt) in einer so prekären Lage allein zu lassen. Eigentlich dachte ich, ihm über das Handy Gesellschaft leisten zu müssen, bis wir ihn gefunden hätten. War aber andererseits auch Miquel gegenüber verpflichtet, der seine dringlichsten Probleme aufgeschoben hatte, um mich auf diesem abenteuerlichen Weg zu begleiten. Und wenn ich dort mitten im Wald wirklich über eine Leiche stolpern sollte, dann, ehrlich gesagt, lieber nicht allein.

Also bereitete ich Miquel mit ein paar Erläuterungen auf das vor, was uns erwartete. Und nebenbei erfuhr es auch der Taxifahrer.

»Mein Kollege hatte einen Job zu erledigen...« (Wobei ich mich insgeheim fragte, womit Titi eigentlich beschäftigt war. Was hatte er auf dieser gottverlassenen Baustelle verloren?) »Und dabei etwas …« Der Taxifahrer beobachtete mich im Rückspiegel. »… naja, etwas sehr Unangenehmes gefunden.«

»Eine Leiche, was?«, mischte sich unter belustigtem Gewieher der Taxifahrer ein.

»Außerdem«, fuhr ich fort, als hätte ich ihn nicht gehört, »hat man ihn hinterrücks angegriffen und in ein Loch gestürzt.«

»Verstehe«, nickte Miquel verlegen und ohne recht zu wissen, was er sagen sollte. »Ich nehme an, solche Sachen sind in deinem Beruf normal.«

»Was ist denn das?«, fing der Taxifahrer, halb erstickt vor Lachen, wieder an. »Eins von diesen Rollenspielen, stimmt's? Mein Sohn ist Spezialist für Rollenspiele!« Er wartete schon die ganze Zeit auf eine Gelegenheit, das Wort zu ergreifen, und er gehörte zu der Sorte, die es, wenn sie es erst einmal hat, nicht mehr loslässt. »Zu meiner Zeit hieß das Schnitzeljagd. Jetzt nennt ihr es Rollenspiel. Ist dasselbe nur mit Handlung, stimmt's? Mein Sohn und ich, wir reden viel miteinander, zwischen uns gibt's keinen Generationskonflikt. In diesen Tagen macht er mit seinen Freunden ein Vampirspiel, das durchs ganze Dorf geht. Ist ja vielleicht dasselbe, das ihr auch spielt? Klar, das muss dasselbe sein. Ich glaube kaum, dass es mehr als eins gleichzeitig gibt. Das Vampirspiel, stimmt's?«

»Nein, mein Herr, stimmt nicht«, gab ich kurz angebunden zurück.

»Na, komm schon, Mädel, mir kannst du's ruhig sagen, Ich weiß ja, dass es ein Geheimnis ist und nur die Eingeweihten Bescheid wissen dürfen, aber ich sag dir doch, dass mein Sohn keine Geheimnisse vor mir hat! Ich weiß alles: über die Vampire, die offenen Gräber auf dem Friedhof, die schwarzen Messen …«

Das angstvolle Beben in seiner Stimme bemerkte ich nicht. Später sollte sich herausstellen, dass das alles nur Gerede war, von Kommunikation mit seinem Sohn keine Spur, und wenn er irgendetwas über Rollenspiele wusste, dann nur, weil er heimlich in den Sachen seines Jungen schnüffelte. Der arme Kerl, der Emili hieß, sich aber Miliu nannte, machte sich große Sorgen um seinen halbwüchsigen Sohn, der immer in Schwarz herumlief, Knoblauchstränge um den Hals trug, sich mit Kruzifixen behängte und abgrundtiefe Augenringe hatte, weil er nachts nicht schlief. Auf seine Fragen hatte der Junge ihm verwirrendes Zeug über ein kompliziertes Rollenspiel erzählt, mit dem sich seine Clique im Dorf vergnügte. Offenbar wurde diese Art Spiele mit Vorliebe des Nachts betrieben. Miliu hatte in den Aufzeichnungen seines Sohnes herumgewühlt und Hinweise auf ein Spiel mit dem Titel *Anthropophagen der Unterwelt* gefunden.

Eintausendfünfhundert Peseten später erreichten wir die Feriensiedlung Les Heures.

## 2

Als wir über den Pont de les Mosques das Dorf verließen, dunkelte es bereits.

»Da unten lebt Felisa«, sagte Miquel.

»Nachher gehen wir zu ihr … Aber hab bitte Verständnis, dass ich jetzt zuerst …«

»Ihr kennt Leute, die unter der Brücke leben?«, wunderte sich der Taxifahrer. »Und die müsst ihr besuchen?

Ah, ich versteh schon! Gehört zum Spiel, nicht wahr?« Er versuchte, witzig zu sein. Der arme Kerl war reichlich konfus. »Handelt es sich um einen formellen Besuch, einen Höflichkeitsbesuch oder...?«

Wir passierten das Industriegebiet, verließen zwei Kilometer später die Nationalstraße und bogen auf die kleine Straße Richtung Arreu ab, die sich zum Penyal hinaufschlängelt. Durch die offenen Fenster drang sofort der Brandgeruch des Feuers in den Wagen, das bis zum Vortag in den Wäldern des jenseitigen Berghangs gewütet hatte. Auf unserer Seite schien der Eichen- und Steineichenbestand unversehrt.

Bald sahen wir eine immense Reklametafel, auf der sich ein Wortspielfreak ausgetobt hatte: *Les Heures* (im Katalanischen eigentlich »Efeu«) bedeutet auf Französisch »Stunden« und *heureuse* heißt »glücklich« (*Heures Heureuses* – klingt einfach super!). Für die Promotion der Feriensiedlung hatte man daraus *Les Hores Felices* gemacht, womit allen, die sich dort ein Grundstück kauften und ein Häuschen bauten, »glückliche Stunden« garantiert sein sollten. Außerdem reimte sich *Les Heures* auch noch auf *Lleure*, was auf Katalanisch so viel heißt wie Freizeit, Urlaub, Erholung. Bestimmt hatte das Schild einstmals noch jede Menge solcher Kreativitätsbeweise aufzuweisen gehabt, doch waren sie längst den Unbilden der Witterung zum Opfer gefallen. Die Reklametafel rottete vor sich hin, seit ein finanzieller Fehlgriff die Bauherren gezwungen hatte, das Projekt aufzugeben und die halbfertigen Häuser dem Verfall und die Baumaschinen dem unerbittlichen Rost zu überlassen.

Ein Stück weiter fanden wir das aus Fertigbauplatten errichtete Häuschen, an dem noch immer INFORMATION zu lesen war. Die Asphaltstraße, rissig und voller Schlaglöcher, führte weiter bergan auf ein paar Häuser zu, die fast fertig zu sein schienen. Und rechts zweigte, genau wie Titi gesagt hatte, ein Feldweg ab, der das Informationshäuschen umrundete und im Wald verschwand. Wir baten den Taxifahrer, diesen Weg zu nehmen. Der Wagen holperte schwer und der Taxifahrer knurrte, weil ihm nämlich, wie er sagte, irgendein heimtückisches Steinchen die Ölwanne zerschlagen könnte, und dann würden wir schon sehen, was wir davon hätten …

Kurz darauf erreichten wir das Haus, von dem Titi gesprochen hatte.

Im Licht der Autoscheinwerfer sahen wir vier Backsteinmauern, zwei ins Leere ragende Betonsäulen und eine Treppe, die nirgendwohin führte.

Beim Aussteigen überraschte mich die extrem nasse Kälte, die dem Schlamm zu unseren Füßen entstieg und durch Mark und Bein ging. Ein schier unerträglicher Schauder überrann mich wie das erste Symptom einer fiebrigen Grippe.

Der Taxifahrer hatte eine starke Taschenlampe aus dem Auto geholt und richtete den Lichtstrahl auf die umstehenden Bäume.

»Was suchen wir denn jetzt?«, wollte er wissen, einen Anflug von Panik in der Kehle. »He, und ihr gehört bestimmt nicht zu der Clique meines Sohnes? Ist das nicht Teil seines Rollenspiels und er will mich da mit reinziehen?«

Es gab Reifenspuren, die gut von einem Geländewagen stammen konnten, aber es war kein Auto in Sicht.

»Jetzt kommen gleich die Vampire mit blutverschmierten Mäulern zwischen den Bäumen hervor!«, scherzte die bebende Stimme des Taxifahrers, der den Kopf hin und her drehte und ängstlich in die Dunkelheit spähte. »Ha, ha, ha! Die sind bestimmt hinter diesen Bäumen da, stimmt's? Hey, Elies!«, brüllte er plötzlich. »Ich weiß, dass du dich da drin versteckst, mit deinem Umhang und deinen falschen Zähnen!«

Ich rief:

»Titi! Titi! Hörst du mich? Wir sind hier!«

»Ruf ihn übers Handy an!«, schlug Miquel vor.

»Du hast Recht!«

Unterdessen betraten wir das halbfertige Haus, und ich rechnete damit, im nächsten Augenblick auf eine Leiche zu stoßen. Diese Perspektive hatte mich völlig vergessen lassen, wie das Handy funktionierte. Wir folgten dem Lichtkegel, der mir sehr unzureichend schien, ein paar Stufen hinauf. Der finstere Raum um uns war so viel größer als der kleine Ausschnitt, den uns die Taschenlampe von der Welt zeigte, dass ich ständig Überraschungsangriffe von hinten oder den Seiten erwartete. Unsere Schuhe knirschten auf dem Zement.

»Jetzt stolpern wir gleich über eine Leiche, ich seh's kommen!«, verkündete Miliu, der Taxifahrer.

Da war keine Leiche.

»Nun, keine Leiche da!«

»Ooch! Schade!«

»Also, Titi hat gesagt…«

»… dass hier eine liegen müsste, stimmt's? Na dann! Sieh nach, ob es Blutflecken gibt«, schlug Miliu mir vor.

»Ist das Blut?«

Im Schein der Taschenlampe waren ein paar dunkle Flecken zu sehen, wie Pinselstriche.

»Ganz bestimmt!«, lachte der Taxifahrer, dem immer

mulmiger wurde. »Bestimmt ist das Blut, ha, ha, ha!« Und wieder rief er nach seinem Sohn: »Elies!«

Plötzlich tief beunruhigt, jaulte ich Titis Namen. Möglicherweise hätte ich mich besser gefühlt, wenn der Geländewagen und die Leiche dort gewesen wären, wo Titi gesagt hatte. Sie nicht vorzufinden, ließ mich befürchten, dass auch mein Freund nicht da sein würde, wo er gesagt hatte. Dass ich ihn nie wieder sehen würde.

»Tiitii! Tiitii!«

»Das Handy!«, wiederholte Miquel.

»Wir müssen dort entlang«, sagte ich zu dem Taxifahrer und wies auf den Pfad, der am Haus vorbei bergab in den immer dichteren, dunkleren Wald führte.

Während wir zwischen den Bäumen weitergingen und über Steine und Wurzeln stolperten, wählte ich Titis Nummer.

»Ich finde das Ganze ja nicht so lustig, wisst ihr!«, bemerkte Miliu. »Ich hab Angst, ich krieg einen Herzinfarkt. Wenn uns jetzt fünf als Untote verkleidete Arschlöcher in den Weg springen, kann das mein Ende sein. Ich verstehe ja Spaß, aber es gibt Späße und Späße, und das hier kann auf keinen Fall gut sein.«

»Können Sie mal still sein?«

»Seid still!«, rief Miquel. »Horcht!«

Wir horchten. Ein Stück weiter hörte man ein Handy klingeln. Wir beschleunigten unseren Schritt. Zwischen den Bäumen ragten die großen Bagger auf, rostig und leblos wie Saurier aus *Jurassic Park* in fortgeschrittenem Zersetzungsstadium. Der aufgewühlte Boden rundum war wieder mit Gras bewachsen und ihre Arme, Zackenkiefer, Schaufeln und Raupen waren von Kletterpflanzen umwunden und bewegungsunfähig gemacht wie von natürlichen

Fesseln. Die Szenerie wirkte wie Fleisch fressende Pflanzen beim Festmahl.

Habe ich schon erwähnt, dass die Grillen zirpten? Also: Die Grillen zirpten mit entnervender Beharrlichkeit und ihr sirrendes Schnarren war schon nicht mehr ein bloßes Geräusch, sondern eine Art innerer Vibration im Takt unserer Angst, wie ein im Hirn festsitzendes hysterisches Kreischen. Sonst war nur Stille. Und irgendwo im Wald das aufdringliche Gedudel eines Handys.

Was war mit Titi passiert?

Das Läuten wies uns den Weg.

»Hier ist eine Grube!«

Im Schein der Taschenlampe öffnete sich vor uns eine schwarze Grube, ein Loch von einem knappen Quadratmeter.

Ungefähr drei Meter weiter unten, im Matsch klar zu erkennen, das unablässig trällernde Handy. Ich konnte die Mailboxansage hören: »Bitte nach dem Signalton eine Nachricht hinterlassen.« Eine sehr formelle Ansage, weil das Handy der Firma gehörte.

»Titi! Titi!« Ich weinte.

Keine Spur von Titi.

Wo zum Teufel steckte Titi?

»Titi! Titiii!«

»Tres, bitte! Wenn er in der Nähe wäre, hätte er dich gehört und sich gemeldet. Wenn er's geschafft hat, aus dem Brunnen rauszukommen, heißt das, dass er okay ist. Wahrscheinlich hat ihn jemand um Hilfe rufen hören und ihm rausgeholfen. Er ist bestimmt schon auf dem Heimweg!«

»Und warum hat er das Handy da unten gelassen?«, schniefte ich.

»Das kann ihm aus der Tasche gefallen sein, als er schon

oben war, und er hat es nicht über sich gebracht, nochmal da reinzusteigen, um es zu holen. Begreiflich, nicht?«

»Wir kommen morgen früh wieder her«, schwor ich mir. Und Titi, falls er mich hören konnte, schwor ich: »Aber jetzt holen wir das Handy!«

»Ach, Tres, hör auf«, sträubte sich Miquel, der bei der Aussicht auf einen Abstieg in die Hölle weiche Knie bekam, »jetzt da runterklettern…«

»Ich muss das Handy wiederhaben!« Ich war völlig außer mir. »Es gehört der Firma!«

»Aber wir können doch nicht in dieses Loch springen! Dein Freund hat stundenlang da drin festgesessen!«

Ich ließ nicht mit mir reden.

»Es kann nicht da unten liegen bleiben! So ein Handy kostet einen Haufen Geld, klar?«

»Tres Catorze!«, wand sich Miquel. »Morgen bei Tageslicht…«

»Okay! Ich steige selbst runter!«

Ich machte Anstalten, mich kopfüber in die Grube zu stürzen, sodass der Taxifahrer und Miquel mich festhielten und zähneknirschend die Handy-Rettungsaktion organisierten. Wir gingen alle drei zurück zum Taxi, weil offenbar keiner allein in der Nacht zurückbleiben wollte, und holten ein Seil, das der Taxifahrer im Kofferraum hatte. Wieder bei der Grube angelangt, banden wir das eine Ende an einen Baum, Miquel sagte: »Ich mach das!« und ließ sich zum Grund der Grube hinab, wobei sein Kletterstil gar nicht so übel war. Er ergriff das Handy, steckte es in die Tasche und kam wieder hoch. Das Ganze sah so leicht aus, dass ich schon Luft holte, um ihm Vorhaltungen zu machen wegen seiner kleinlichen Bedenken. Als ich aber sein Besorgnis erregendes Japsen hörte und bemerkte, dass er sich die Hände aufgescheuert, die Hose zerrissen und einen seiner Schuhe im Matsch am Grund des Lochs verloren hatte, machte ich ihm keinerlei Vorhaltungen.

»Danke«, sagte ich. Das war ja wohl das Mindeste.

## 3

Auf dem Rückweg machte uns der Taxifahrer einen Vorschlag:

»Hört zu, ich bin ein bisschen in Sorge um meinen Sohn, das werdet ihr schon gemerkt haben. Er ist jede Nacht unterwegs und spielt diese Vampirspiele. Ihr seid ungefähr in seinem Alter, vielleicht kennt ihr euch ja, vielleicht geht ihr sogar in dieselbe Schule… Bestimmt spielt ihr auch Rollenspiele wie er. Könntet ihr nicht mal mit ihm reden? Ihr würdet mir damit einen großen Gefallen tun! Ich will ihn ja nur verstehen…, wissen, was er treibt…«

In meinem Kopf war kein Platz mehr für den Vampirsohn des Taxifahrers, ich schenkte seinen Worten also nur wenig Aufmerksamkeit, doch dann fiel mir ein, dass die Agentur in der Krise steckte, und wenn auch klar war, dass uns das Honorar für einen Auftrag des armen Taxifahrers nicht retten würde, durften wir nicht wählerisch sein. Ich gab ihm meine Karte und sagte, er sollte mich im Büro anrufen.

*Tres Catorze, Privatdetektivin. Detektei Pi & Zamorano. Carrer del Roure, 17. 4t, Tos (Girona), etc.*

»Privatdetektivin?« Er war perplex. »He, ich mein's ernst! Lassen wir die Rollenspielchen mal beiseite. Das ist sozusagen eine private Bitte.«

»Tja, tut mir Leid, aber ich bin Profi. Sobald Sie mich

gratis im Taxi mitnehmen, berechne ich Ihnen auch nichts, um mit Ihrem geliebten Blutsauger zu reden. Sie können hier anhalten!«

Wir waren beim Pont de les Mosques angekommen. Die Taxiuhr zeigte über sechstausend Peseten. Miquel Prim, beeindruckt, wie ich Miliu hatte abfahren lassen, zog einen Zehntausend-Peseten-Schein heraus, gab ihn dem Fahrer und sagte, während er auf das Wechselgeld wartete:

»Ich hatte das Geld dabei, um dich zu bezahlen, Tres, ehrlich, aber ich hatte diese Taxifahrt nicht einkalkuliert…«

»Schon okay. Das hast du ausgegeben, weil ich es gebraucht habe, das hat mit deinem Fall nichts zu tun. Betrachten wir es als Vorschuss… auf das, was ich dir für den Felisa-Auftrag in Rechnung stellen werde.«

Das Taxi fuhr ab und ließ uns, wenn man flussabwärts schaut, am linken Ufer zurück.

Die Brücke, obwohl keine zweihundert Meter vom modernen Castell-Viertel entfernt, gilt bereits als außerhalb der Gemeindegrenze, sodass man es im Rathaus nicht für nötig gehalten hat, die hübsche Parkanlage, die den Fluss auf seinem Lauf durch das Dorf flankiert, bis dorthin zu verlängern. Die gepflasterten Wege zu beiden Seiten des Flusses mit ihren von Trauerweiden überschatteten Sitzbänken enden abrupt in etwa auf der Höhe des Ortsschildes von Tos oben an der Landstraße. Buchshecken und Blumenbeete weisen den Spaziergänger darauf hin, dass es dort nicht weitergeht, ein Buchenhain versperrt die Sicht und dahinter gewinnt der Fluss seine Freiheit zurück und stürzt wild zwischen Sandbänken, Schilf, Felsen und jeder Menge Müll weiter. Und da, wo das Wasser aus lauter Freude, das Asphaltkorsett los zu sein, anfängt, sich aufzubäumen und Bocksprünge zu machen, da steht der Pont de les Mosques.

Und dort waren wir und tasteten uns mitten in der Nacht zu dem Lagerfeuer am Fuß des Abhangs hinunter.

Unter Berücksichtigung der Überschwemmungsgefahr ist die Brücke so hoch und breit gebaut, dass man sich schon einen sintflutartigen Regen und ein gewaltiges Hochwasser dazudenken muss, damit ihr Ausmaß begreiflich wird. Normalerweise ist das Bächlein, das durch ihren Schatten rinnt, lächerlich wie hingepinkelt und der trockene Streifen zwischen Wasser und Böschung bietet Vagabunden Unterschlupf, Obdachlosen, die dort kampieren, umgeben von Hausrat und sogar Möbeln, in einer sonderbaren Imitation dessen, was man unter einer komfortablen Wohnung versteht. Ich habe noch nie nachvollziehen können, welche Vorteile das Leben unter einer Brücke haben soll, denn wenn man auf der Suche nach einem Dach über dem Kopf ist, weil man trocken bleiben will, dann hat man im Falle eines kräftigen Regens gerade unter einer Brücke die besten Chancen, nass zu werden. Im Falle von Tos sogar die besten Chancen abzusaufen.

Der Feuerschein diente uns als Wegweiser und führte uns zu Garcia. Er war ein junger Bursche, ellenlang und spindeldürr, mit abstehenden Haaren und schmutzigem, fast schwarzem Gesicht, in dem zwei schwärmerische Augen leuchteten. Er trug einen Dreiteiler, der vor Jahren einmal elegant gewesen sein musste, und ihm, ordentlich gebügelt, wie maßgeschneidert gepasst und nicht schlecht gestanden hätte. Er bestand aus Jackett, Hose und Weste. An dem Tag, als er den Anzug zum ersten Mal anlegte, hatte er auch das Hemd mit dem langen Kragen zum ersten Mal getragen und dazu wahrscheinlich die Krawatte, mit der er sich nun schon seit längerem die Hosen hielt. Neben dem Feuer standen ein Sixpack Bier, eine

Pizza und eine Flasche Wodka. Offenbar hatte er etwas zu feiern, denn er tanzte, hüpfte und drehte Pirouetten.

»Das ist der Freund von Felisa«, erklärte Miquel Prim, während wir hinunterstiegen, »ihr Beschützer. Sie haben sich am Bahnhof kennen gelernt, wo der Typ bettelt oder für ein paar Kröten Gepäck tragen hilft. Der ist immer so drauf. Jenseits von gut und böse, der arme Kerl! Und hierher glaubt Felisa zu gehören, siehst du? Zu den Ausgestoßenen, Hässlichen, von der Gesellschaft Verabscheuten. Hey, Garcia!«

Der junge Mann unterbrach seinen Tanz, wandte sich uns zu, die Hände über den Kopf gestreckt und ein entrücktes Lächeln auf den Lippen.

»Capdefranells i Kronkite, zu Diensten!«, sagte er. »Wer ist da?«

»Ich bin's, Miquel!«

»Miquel, alter Freund! Und wer ist bei dir?«

»Die Detektivin, von der ich dir erzählt hab.«

»Ja, natürlich! Die Privatdetektivin! Teresa Pi, nicht wahr?«

Bei jeder Bewegung verströmte er einen entsetzlichen Gestank. Ich hatte Angst, er könnte auf die Idee verfallen, mich mit Umarmungen und Küsschen willkommen zu heißen.

»Ich suche Felisa«, sagte Miquel. Von Felisa war nirgends eine Spur zu entdecken.

Garcia legte den Finger auf die Lippen und bat leise zischend um Ruhe, während er den Oberkörper zu einer Art Verneigung nach vorn lehnte.

»Psssst! Heute können wir nicht von Felisa reden. Höchste Geheimstufe! Bringt mich nicht zum Reden, wenn ihr nicht wollt, dass ich euch belüge! Also, ich hab euch gewarnt!« Er blickte mich an und seine eben noch strenge Miene war mit einem Mal voller Begeisterung. »Teresa Pi! Weißt du, dass ich Garcia heiße? Mit Vornamen, eh, dass das klar ist!« Ich hatte das Gefühl, er war hocherfreut, ein neues Publikum für seine alte Leier zu haben:

»Wir müssen aber über Felisa reden!«, beharrte Miquel ungeduldig und drängte sich zwischen uns, um Garcias Aufmerksamkeit auf sich zu lenken. »Wo ist sie? Ist sie weggegangen?«

»Ganz recht! Sie ist weg!«, rief Garcia, wobei er ihn zur Seite schob und mich am Jackenärmel packte. »Was willst du hören? Dass sie weg ist? Also, sie ist weg. Sie ist nicht hier, oder? Also heißt das, dass sie weg ist. Sie ist in das Auto gestiegen und abgehauen! Zufrieden?« Damit schien das Thema für ihn abgehakt, er gewann sein zahnloses Lächeln zurück und widmete sich wieder voll und ganz mir: »Ja, junge Dame, du hast wohl gedacht, es gibt keinen heiligen Garcia! Und ob's den gibt! Am neunundzwanzigsten November. Ein baskischer Name!«

»Red keinen Blödsinn!«, protestierte Miquel. »Felisa hat kein Auto!«

»Klar hat sie ein Auto! Sie hat sich eins geklaut!«, schrie Garcia, wobei er verärgert und rebellisch auf und ab hüpfte. Zu mir: »Meine Eltern haben mir diesen Namen gegeben, damit ich einen normalen Vornamen hätte. Weil ich mit Familiennamen seitens meines Vaters Capdefranells heiße und seitens meiner Mutter, die aus Neuseeland stammt, Kronkite (sprich: *Kronkait*). Mein Papa meinte: ›Armes Kind! Soll es etwa nicht Garcia heißen drüfen wie alle Welt?‹«

»Felisa soll ein Auto gestohlen haben?« Miquel konnte es nicht fassen. Oder doch? Er widersprach, aber es zuckten auch Zweifel in seinen Augen: »Felisa hat kein Auto gestohlen!«

»Ach nein? Einen Suzuki, einen Geländewagen, der dort oben gestanden hat, als du das letzte Mal hier warst! Sie hat ihn schon seit ein paar Tagen! Am Zweiten hat sie ihn geklaut. Am Tag des Zugunglücks!« Damit war sie raus, die große Enthüllung! Voller Genugtuung wandte er sich mir wieder zu, doch wollte ihm das strahlende Lächeln nicht mehr so recht gelingen. Als hätte er sich auch über mich geärgert, sagte er: »Und so haben sie mich auf den Vornamen Garcia getauft und damit endgültig verkorkst. Wegen dieses Namens hat mich meine Braut vor dem Altar stehen lassen. Garcia Capdefranells i Kronkite! Wer würde auch jemanden heiraten, der so heißt?«

Ich wusste keine Antwort. Bekam aber auch keine Gelegenheit dazu, denn Miquel fuhr wieder dazwischen:

»Sie kann kein Auto gestohlen haben!«

»Ach nein? Wenn sie es doch gebraucht hat?« Garcia verlor die Geduld. Er streckte ihm die Zunge raus und quäkte wie ein Kind, das seinen Gesprächspartner veralbern will: »Sie hat es für die Sache mit dem Zug gebraucht, du Depp! Und jetzt braucht sie es, um ins Krankenhaus zu fahren!«

»Ins Krankenhaus?«

»Ja, ja! Ins Krankenhaus! Gaspar Cartron umbringen, diesen verdammten Schweinehund, diesen Scheißkerl! Du wolltest es ja unbedingt wissen! Bitteschön, jetzt weißt du's!« Beunruhigt richtete er sich zu seiner vollen Höhe auf (was eine ganze Menge war), seufzte und sah mich herausfordernd an: »Gefällt dir mein Anzug?« Besser, er gefiel mir. »Das ist mein Hochzeitsanzug. Mehr brauche ich nicht zum Leben. Ein paar Bierchen, wollt ihr eins? Eine Pizza, die ich mir im Dorf besorgt habe. Diese Flasche Wodka. Und friedlich wegpennen!«

»Garcia, Garcia!« Miquel war genauso kribbelig wie er. Er schlug jetzt einen versöhnlicheren Ton an, als weigere er sich angestrengt, etwas wahrzuhaben, das klar auf der Hand liegt. »Das kann nicht sein! Willst du etwa behaupten, Felisa wäre ins Krankenhaus gefahren, um Gaspar Cartron zu töten?«

»Genau das! Und wenn es das nicht ist, was du hören wolltest, hättest du mich nicht fragen dürfen!«

Miquel Prim sah mich aus trostlosen Augen an.

»Gehen wir!«, sagte er.

Er rannte los, auf die Böschung zu. Er hinkte, weil er nur einen Schuh anhatte und die Steine seiner nackten Fußsohle wehtaten. Ich winkte Garcia zum Abschied zu und eilte ihm nach. Wir keuchten den Hang hinauf zur Brücke.

»Glaubst du ihm?«, fragte ich und hoffte inständig, er würde Nein sagen. »Sag schon, Miquel, glaubst du ihm? Traust du Felisa so was zu?«

Miquel schüttelte zwar den Kopf, meinte aber Ja. Es war ihm anzusehen, wie es ihm widerstrebte, sich vor der Realität geschlagen zu geben. Und als wir oben ankamen und auf das Dorf zuliefen, sagte er:

»Cartron, dieser Wichser (*sic*), hat sie endgültig um den Verstand gebracht! Wir müssen verhindern, dass sie noch mehr anstellt!«

Ich hatte das dumpfe Gefühl, als sei es dazu schon zu spät, denn das Hospital de la Misericòrdia lag am anderen Ende des Ortes, wir hatten kein Fahrzeug zur Verfügung und Miquel Prim hatte einen Schuh verloren, aber ich blieb neben ihm und versuchte, mit ihm Schritt zu halten.

4 Seite an Seite auf der Landstraße, ich im Straßengraben, Miquel seinem nackten Fuß zuliebe auf dem Asphalt, philosophierten wir. Manche Leute werden verrückt. Man weiß nicht, wie das vor sich geht, aber es kommt vor. Eines Tages finden wir diesen netten, geradlinigen, vernünftigen, heiteren, ideenreichen Menschen, den wir schon lange kennen, auf einmal vollkommen verwandelt vor. Er redet überstürzt, sagt dummes Zeug, tut seltsame Dinge, wirft Blumentöpfe vom Balkon den Passanten auf den Kopf, geht auf die Leute los, die es gut mit ihm meinen, und streicht denen um den Bart, die ihm Böses wollen. Und keiner weiß, wie es dazu kommen konnte. Garcia ging verliebt zu seiner Trauung, zu verliebt vielleicht, vielleicht hatten ihn die, die ihn kannten, schon immer ein bisschen merkwürdig gefunden, mag ja sein, aber er war verliebt und ging voll glücklicher Erwartungen zu seiner Hochzeit. Da ließ ihn seine Braut vor dem Altar stehen und in Garcia brach irgendetwas entzwei, ein Chip in ihm machte *klick*, er verschwand und lebte von diesem Tag an als Vagabund.

Oder – nahe liegendes Beispiel – Felisas Fall. Wir bemühten uns sehr, Felisa zu verstehen. Wir sprachen über Hübsche und Hässliche.

Auf dem Parkplatz des Hospital de la Misericòrdia stand ein Streifenwagen und zwei Guardias kontrollierten die Kennzeichen der dort geparkten Autos auf der Suche nach einer bestimmten Autonummer.

Und siehe da, was für ein Zufall!, die Schranke hob sich und ebendiese Autonummer fuhr ein. Langsam und majestätisch näherte sie sich über die Hauptzufahrt des Parkplatzes. Es war genau die, die sie suchten.

»He! Moment mal! Ist das nicht das Kennzeichen?«

Die beiden Guardias eilten zu dem frisch eingetroffenen Fahrzeug, einem Suzuki-Geländewagen. Bereit, notfalls zur Einschüchterung die Dienstwaffe zu ziehen, warfen sie sich ihm mit erhobenen Händen todesmutig entgegen.

»Halt!«, rief Salvador.

»Halt!«, rief Fernández.

Das war äußerst riskant, denn der Wagen verlangsamte die Fahrt kein bisschen. Im letzten Augenblick schien die Fahrerin es sich jedoch noch einmal zu überlegen, trat hart auf die Bremse und Salvador und Fernández sprangen zur Seite, beide zur selben Seite, vorsichtshalber. Gleich darauf stürzten sie auf die Beifahrertür zu, doch im selben Moment öffnete sich die andere und die Fahrerin spurtete in Richtung Notaufnahme davon. Sie hielt etwas mit beiden Händen auf Taillenhöhe vor sich.

Die beiden Guardias stießen zusammen, stolperten und nahmen die Verfolgung auf.

Als wir am Ortsschild von Tos vorbei waren, bogen wir ab zum Fluss, weil Miquel auf dem Pflaster besser laufen konnte und weil die Uferpromenade beleuchtet war und es dort keinen Verkehr gab. Wir gingen, so schnell wir konnten, obwohl wir uns darüber im Klaren waren, dass es keinen Sinn mehr hatte. Wir müssen gebeugt und entmutigt ausgesehen haben, tief deprimiert. Zwei hässliche Vögel, die Quintessenz von Victor Hugos Buch über den Glöckner von Notre Dame.

Es gab mal einen Schlager von *Los Sirex* mit dem Titel *Que se mueran los feos*, was so viel heißt wie »Die Hässlichen sollen verrecken«. Das war natürlich nur im Scherz gemeint, schon klar, nur ein witziges Lied, ein bisschen

Sinn für Humor muss schließlich sein. Okay. Sinn für Humor, in Ordnung. Aber abgesehen von den Anhängern des Ku-Klux-Klan würde niemand jemals auf die Idee kommen, ein Lied zu texten, das *Die Neger sollen verrecken* heißt. Keinem, der nicht auf der Straße mit Steinen beworfen werden möchte, würde es einfallen, einen Song mit dem Refrain *Die Rollstuhlfahrer sollen verrecken* zu schreiben. Von den Hässlichen erwartet man eben all den Sinn für Humor, den die anderen nicht brauchen, weil Hässliche *per se* lachhaft sind, darin waren wir uns vollkommen einig, Miquel und ich.

Es gibt einen bekannten Cartoon, den ich immer verabscheut habe. Man sieht eine Frau von hinten, mit langer Mähne und einer spitzenmäßigen Figur, von der jemand wie ich nur träumen kann: Wespentaille, wundervoll geschwungene Hüften, schlanke Beine. Zwei Männer nähern sich begierig und sprechen sie an. Daraufhin dreht das Mädchen sich um und man sieht ihr hässliches Gesicht: lange Nase, Silberblick, schiefe Zähne, borstige Warzen, Haare auf der Oberlippe… Die beiden Männer fallen auf den Arsch und das war's. Kein weiterer Kommentar vonnöten, weil man sich darüber selbstverständlich kaputtlacht. Diese hässliche Frau (relativ hässlich, denn von hinten hatte sie eine Superfigur) verdiente nur Ablehnung, taugte nur, um sich über sie lustig zu machen. Wer würde eine solche Vogelscheuche auch nur ansprechen wollen, vom Heiraten ganz zu schweigen?

»Halt! Im Namen des Gesetzes!«, bellte Salvador, der sich als Star eines großen Abenteuers fühlte. »Bleiben Sie stehen!«

Der andere Guardia, Fernández, rannte ihm nach und

wiederholte immerzu: »Halt! Im Namen des Gesetzes!«, denn er hatte den gleichen Dienstgrad und wollte nicht hinter seinem Kollegen zurückstehen.

Sie erwischten Felisa gerade noch auf der Ziellinie, unmittelbar vor der Schwingtür aus transparentem, biegsamem Kunststoff, die die Notaufnahme von den Bereichen trennte, die Patienten und befugtem Personal vorbehalten waren. Salvador legte dem Mädchen fest die Hand auf die Schulter. Sie blieb so ruckartig stehen wie beim Fangenspielen, und der Guardia rannte mit dem ganzen Schwung seines Sprints in sie hinein, wodurch leichte Konfusion entstand. Fernández wich nach rechts aus, fegte an ihnen vorbei, schoss durch die Plastiktür und verschwand für einen Moment von der Bildfläche.

Das Mädchen wirbelte herum, und Salvador machte einen Schritt zurück, um ihr zu verstehen zu geben, dass der Zusammenstoß unbeabsichtigt gewesen war und er keine aggressiven Absichten hegte. Als er Luft holte, um höflich und bestimmt das Wort an sie zu richten, bemerkte er, dass ihm das Mädchen ein Brotmesser entgegenhielt, eines dieser Sägemesser.

»Lassen Sie mich in Ruhe! Gehen Sie weg! Hauen Sie ab!«

Doch sie war umstellt. In ihrem Rücken tauchte Fernández wieder auf, drückte gegen die Schwingtür und nahm Felisa in den Polizeigriff. Salvador entwand ihr das Messer. Sie schrie, außer sich vor Wut:

»Lasst mich los, lasst mich los! Ich will ihn umbringen!«

»Du bist verhaftet!« Fernández duzte sie, um keinen Zweifel aufkommen zu lassen, wer hier das Sagen hatte. Verhaftete duzt man aus Überlegenheit, alle Übrigen duzt man aus Verbundenheit. Das ist ein kleiner Unterschied!

»Lasst mich ihn umbringen!«, schrie Felisa Olvan. »Ich will ihn umbringen!«

»Du wirst niemanden umbringen!«

Sie legten ihr Handschellen an.

Bereits in der Nähe des Dorfzentrums, durchquerten wir den Parc de la Riba und nahmen die Vázquez-Montalbán-Allee. Es herrschte wenig Verkehr und die Ampeln an beiden Enden blinkten gelb und sinnlos vor sich hin, praktisch für niemanden. Es sind Ampeln von der Sorte, die nur auf Rot schaltet, wenn jemand mit mehr als fünfzig Stundenkilometern auf das Dorf zuprescht. Die übrige Zeit sind es nur gelbe Blinklichter.

Mein Gespräch mit Miquel strebte zu neuen Horizonten: Sehen wir uns die Hässlichkeit des Mädchens auf der Witzzeichnung doch einmal genauer an. Wir wissen also, dass sie schielte, Warzen und schiefe Zähne hatte. Im Prinzip wäre das alles zu korrigieren. Wenn man in der Kindheit darauf achtet, lässt sich Strabismus vermeiden, die Kieferorthopädie erlaubt es heutzutage jedem, der es sich leisten kann, perfekte Zähne zu haben, Warzen kann man wegoperieren und Haare depilieren. Sogar die Nase kann man kürzer machen, wenn man will. Und eine ausgewogene Ernährung wirkt Wunder, was die Figur angeht. Ganz zu schweigen von der Kleidung. Man muss lediglich Geld und Zeit hineinstecken und sich darum kümmern. Man braucht also bloß reich zu sein. Deshalb sieht man in den wohlhabenden Vierteln auch mehr attraktive Leute als in den ärmeren Gegenden. Miquel sagte: »Es läuft immer auf dasselbe hinaus: Ein paar Privilegierte bestimmen, wie man zu sein hat, und grenzen alle aus, die nicht so sind wie sie. Sie entscheiden, wer schön ist und wer nicht, was für eine

Figur du haben musst, um akzeptiert zu werden, wie du dich anziehen musst, wie deine Nase zu sein hat, wie deine Ohren zu sein haben. Und wer die Anforderungen nicht erfüllt, kommt nicht in den Klub. Disqualifiziert!«

Und dann wundern wir uns über die Massen an Komplexen und Neurosen und die vielen Männer und Frauen und Mädchen und Jungen, die sich selbst nicht akzeptieren können. Die Toupetträger, die Männer, die sich hinter einem Bart verstecken, die Magersüchtigen, die dünner sein wollen als ein Mensch sein kann, die Leute, die behaupten, sie wären nicht gern am Strand, nur weil sie es nicht wagen, sich unbekleidet in der Öffentlichkeit zu zeigen. So läuft es doch! Wir sind von klein auf geprägt, was schon damit losgeht, dass sich die Eltern Sorgen darüber machen, »ob das Kind auch normal ist« und die Verwandtschaft es »zum Anbeißen süß« findet. Angefangen bei der ewigen Diskussion, ob alle Babys gleich niedlich oder gleich hässlich sind, bis zu dem vernichtenden »So-kriegst-du-nie-einen-Mann!«.

Die Verhaftete auf dem Rücksitz des Jeeps der Guardia Civil weinte. Sie konnte einem wirklich Leid tun.

Salvador sprach über Funk mit der Kaserne.

»Hier Salvador. Wir haben eine Frau festgenommen. Sie war in einem gestohlenen Wagen unterwegs, die Nummer ist ...«

In der Zwischenzeit war Fernández mit der Taschenlampe in den Suzuki gestiegen, um einen Blick hineinzuwerfen. Hinter dem Rücksitz fand er einen großen Engländer, zwei Metallsägen und ein Stahlseil von zwei Meter Länge.

»Heiliger Strohsack!«, rief er aus. »Ich glaube, wir haben die Zugsaboteurin!«

Salvadors Stimmlage schwang sich um eine Oktave nach oben wie die eines Fußballreporters bei einer Torchance für die Nationalmannschaft:

»Wir haben die Zugsaboteurin!« Und noch eine Oktave höher, gellend wie ein Pfiff: »Wir haben die Zugsabotööö-öörin!«

Die Vázquez-Montalbán-Allee, Hauptverkehrsader des modernen Castell-Viertels, die sich lang und schnurgerade am Dorf vorbeizieht, schien mir endlos. Am Horizont, hinter der Kurve bei der Tankstelle, zeichnete sich das Neonschild des Kreiskrankenhauses (so hieß das Hospital de la Misericòrdia offiziell) gegen den schwarzen Nachthimmel ab. Ich hatte das Gefühl, wir würden niemals dort ankommen.

»Das ist genau das, was die Nazis gemacht haben!«, entrüstete sich Miquel. »Die haben beschlossen, dass die arische Rasse die einzig gute ist. Die Rasse, was nichts weiter bedeutet als das äußere Erscheinungsbild: groß, blond, blauäugig…«

»Aber ihr Anführer war klein mit dunklen Haaren und braunen Augen…«, wandte ich ein, damit es nicht so aussah, als wären wir uns in absolut allem einig.

»Das ist egal. Aber sie haben Regeln und Normen eingeführt. Wer ein Gesetz macht, weiß auch, wie es zu umgehen ist, das Entscheidende dabei ist, dass es das Gesetz erst einmal gibt. Und im Namen dieses Gesetzes sind zahllose Untaten begangen worden. Die Nazis haben auch viele blonde, blauäugige Arier in die Gaskammern geschickt. Trotzdem haben sie weiter behauptet, dass Verbrechertum mit dem Aussehen zusammenhängt. Und die Masse war damit einverstanden, weil man auf den ersten Blick ja nicht wissen kann, ob ein Mensch intelligent, kreativ, tolerant oder positiv ist... Ob jemand hübsch oder hässlich ist, sieht man jedoch sofort, und es ist leichter und direkter, auf dieser Grundlage zu urteilen, ob man jemanden akzeptiert oder nicht. Es ist dieses blödsinnige menschliche Bedürfnis, alles vereinfachen und jedes Problem sofort lösen zu wollen, ohne langes Überlegen.«

Ich dachte, das stimmt, wir tendieren wirklich dazu, zu handeln ohne nachzudenken, weil die Qual der Ungewissheit nur sehr schwer auszuhalten ist.

»Woraus wir also schließen können«, pflichtete ich ihm bei, »dass die Guten hübsch sind und die Bösen hässlich.«

»Nein! Viel schlimmer«, empörte sich Miquel. »Wir schließen daraus, dass die Hübschen gut sind, *sie müssen gut sein, weil sie hübsch sind*, und die Hässlichen *müssen böse sein, weil sie hässlich sind*!«

Ich dachte an Pillastre (+ –), so hässlich, so monströs, so ein Quasimodo! Und so böse. »Böse?«, fragte ich mich. War er böse, weil er hässlich war, oder war er hässlich, weil er böse war? Oder hatte das eine mit dem anderen gar nichts zu tun? Es gibt bildschöne Männer und Frauen, die zugleich abgrundschlecht sind. Und es gibt potthässliche Männer und Frauen, die großzügig, freundlich, zärtlich, begeisterungsfähig, optimistisch und lebensbejahend sind. Ich neige sogar zu der Annahme, dass unter den Hässlichen mehr Gute zu finden sind, so wie ich auch zu der Vermutung tendiere, dass Arme großzügiger sind als Reiche.

»Und überhaupt«, sagte ich, »was heißt eigentlich böse? Dass sie gegen die Gesellschaft sind? Dass jemand, der sich aus einem so ungerechten Grund wie seinem Aussehen sein ganzes Leben lang ausgegrenzt fühlt, auf die Gesellschaft, die ihn wegstößt, ein wenig böse ist, wundert mich kein bisschen, findest du nicht?« Das könnte auch auf Pillastre zutreffen. Ich sagte: »Das könnte auch auf Felicitat Olvan zutreffen, meinst du nicht?«

Sie transportierten die Verhaftete zur Kaserne. Salvador fuhr mit ihr im Dienstjeep, Fernández im Suzuki hinterher.

Sie weinte noch immer bitterlich.

»Na, komm schon«, sagte Salvador, der eine Seele von Mensch war, »hab keine Angst. Ich werde nicht sagen, dass du Widerstand geleistet hast. Das Messer brauchen wir gar nicht zu erwähnen.«

»Ich brauche dein Mitleid nicht!«, schnauzte sie grimmig.

Er wiegte geduldig und gutmütig den Kopf, was so viel heißen sollte wie: »Immer mit der Ruhe!«

»Wen wolltest du töten?«, fragte er.

»Gaspar Cartron!«

Salvador kam der Name Gaspar Cartron irgendwie bekannt vor, aber er wusste nicht woher.

»Und warum wolltest du ihn töten?«

»Geht dich nichts an!« Die Verhafteten duzen ihre Verhafter, um deutlich zu machen, dass sie nicht so leicht klein beigeben. Doch dann wurde sie wieder von Schluchzen und Ohnmachtsgefühlen überwältigt. »Ich weiß nicht, wie ich's sagen soll ... Weil er's verdient hat!«

Als wir bei der Tankstelle ankamen und das Krankenhaus schon unmittelbar vor uns hatten, hielt ich inne und unterbrach Miquel:

»Warte einen Augenblick! Ich muss mal telefonieren.«

»Aber wir sind doch fast da ...«, protestierte er.

Ich schüttelte den Kopf. »Hier können wir sowieso nichts machen.« Zwischendurch war ein Teil meines Gehirns emsig damit beschäftigt, Schlussfolgerungen zu ziehen. »Wir gehen direkt zur Kaserne der Guardia Civil. Ich bin sicher, sie ist dort.«

Miquel warf mir aus wässrigen Augen einen desolaten Blick zu.

»Aber woher willst du das wissen?«

Am selben Nachmittag hatte Manolo Due mir gesagt, dass er heute bei seiner Freundin Elisa zu Abend essen wollte, und mir seine Handynummer gegeben. Das war die Nummer, die ich gewählt hatte.

»Hallo?«

»Manolo? Ich bin's, Tres Catorze.«

»He, Tres Catorze! Was treibst du? Kommst du doch? Wir haben gerade angefangen zu essen. Meine Freunde würden dich gern kennen lernen! Guardiola ist auch hier!«

Er meinte Pep Guardiola, den damaligen Mannschaftskapitän des FC Barcelona. Ich hätte die Einladung liebend gern angenommen, aber es gab Wichtigeres zu tun. Also sagte ich, nein, ich riefe an, weil ich ihn um einen Gefallen bitten wolle, der ihm wahrscheinlich die Party vermasseln würde. Er sollte mein Gedächtnis auffrischen, unter welchen Umständen sein Zehn-Millionen-Peseten-Scheck verloren gegangen war, der das Abenteuer, das ich in *Tres Pi irrt sich* geschildert habe, in Gang gesetzt hatte. Er hatte ihn doch mit der Post geschickt, oder? Der Scheck war bei seinem Adressaten aber nie eingetroffen, nicht wahr? Ich fragte ihn, was er davon halte, ihn sich zurückzuholen. Eigentlich hätte auch ein Torschützenkönig von Barça auf einen solchen Vorschlag hin einen Freudensprung oder so was machen müssen, doch Manolo Due blieb ungerührt. Er sei gesperrt, dieser Scheck, und nie eingelöst worden. Mist!, dachte ich und hoffte, ihn damit in die Startlöcher zu kriegen, dass er das Schlitzohr, das den Brief unterschlagen hatte, doch sicher gern kennen lernen würde. Ich flehte ihn an:

»Bitte, Manolo! Tu mir den Gefallen, auch wenn du dafür einen Moment von deiner Fete wegmusst!«

Ich traute mich nicht zu sagen, dass er mir das schuldig sei, aber er wusste, dass er es mir schuldig war.

Miquel starrte mich entgeistert an und verstand nur Bahnhof.

Die Festgenommene (laut Personalausweis Felicitat Olvan Ministerio) bestand darauf, ihre Aussage so schnell wie möglich zu Protokoll zu geben und zu unterschreiben. Die Guardias hatten sie darauf hingewiesen, dass sie Anspruch auf einen Rechtsbeistand habe und dass sie verpflichtet seien, das Eintreffen des Anwalts und Capità Barrenos abzuwarten, ehe sie irgendetwas unternahmen. Bei ihrem Telefongespräch mit ihrer Freundin Sílvia Foscor riet auch diese ihr, nichts zu tun und nichts zu sagen, sie sei sofort da und bringe ihren Anwalt mit. Doch Felisa Olvan hatte es mit dem Auspacken sehr eilig. Ein ums andere Mal wiederholte sie, dass sie am vergangenen Dienstag, dem 2. März, diesen Suzuki gestohlen habe, weil sie plante, den Nahverkehrszug Girona–Figueras, in dem der in Tos ansässige Gaspar Cartron unterwegs war, zum Entgleisen zu bringen. Anschließend schilderte sie exakt die Methode, die sie angewendet hatte, um das Gleis zu durchtrennen und zu verbiegen, und die sie einer Zeitungsreportage über einen jungen Mann entnommen habe, der 1994 für mehrere Zugunfälle in Katalonien verantwortlich gewesen war. An jenem Abend sei sie festgenommen worden, als sie auf dem Weg war, besagten Gaspar Cartron, Einwohner von Tos, mit diesem Brotmesser im Krankenbett zu ermorden.

Als sie sah, dass man ihr die Unterzeichnung der Aussage nicht gestattete, verlangte sie, in einer Einzelzelle auf Sílvia Foscor und ihren Anwalt warten zu dürfen.

Zuerst trafen Gaspar Cartron und Daniel Prim ein.

Danach Capità Melquíades Barreno.

Und gleich darauf Miquel Prim und ich.

»Ich muss Capità Barreno sprechen!«, sagte ich.

## Achtes Kapitel

# Felisa Olvan

**1** Einer von Capità Barrenos Männern (Salvador, das Schwatzmaul, um genau zu sein) hielt es für eine gute Idee, Gaspar Cartron zu informieren, dass jemand beabsichtigt hatte, ihn mit einem Brotmesser zu erstechen. »Er ist der Erste, der es wissen müsste«, meinte er, »oder etwa nicht?« Trotz Kragen und steifem Hals hüpfte Gaspar Cartron vor lauter Freude und beschloss, sich sofort in die Kaserne der Guardia Civil zu begeben, um Anzeige zu erstatten. Er rief seinen Freund Daniel Prim an und versetzte das ganze Krankenhaus in Aufruhr, weil er seine Kleider verlangte, um eine äußerst dringende Angelegenheit zu regeln, die niemand an seiner Stelle erledigen könne.

Die Nachtschwester hatte zunächst angenommen, er wollte nur zur Toilette, doch als Daniel Prim eintraf, war Gaspar Cartron bereits angezogen und auf der Flucht vor der Nachtschwester, die ihn entsetzt verfolgte, während sie ihn aufforderte, die Ankunft des Arztes abzuwarten, und erklärte, dass sie für nichts, gar nichts, aber auch rein gar nichts die Verantwortung übernehme. Die arme Frau war nicht in der Lage, die beiden aufgeregten Halunken aufzuhalten, die schon zwei Minuten später auf die Straße hinaustraten, in Daniels Auto sprangen und zur Kaserne der Guardia Civil davonfuhren.

Unterwegs versprach Gaspar Cartron Daniel Prim eine Million Peseten (von dem Geld, das er von der Versicherung zu kassieren gedachte), wenn er in seiner Aussage all die Lügen unterbrachte, die sie am Nachmittag telefonisch geprobt hatten.

Gaspar Cartron und Daniel Prim waren also auch Teil des Durcheinanders, das in der Kaserne herrschte, als Miquel und ich dort eintrafen.

Kaum dass er seinen Bruder sah, fing Miquel an zu zetern:

»Hört nicht auf den! Er lügt! Alles, was er sagt, ist gelogen!«

»Und du, woher willst du das wissen?«, fragten sein Bruder und einer der Guardias im Chor.

»Das weiß ich, weil er das alles heute Nachmittag mit Gaspar Cartron ausgeheckt hat! Ich bin Zeuge!«

Sein Stimmchen und seine Worte kamen jedoch nicht gegen die Tatsache an, dass Felisa Olvan sich schuldig bekannt hatte.

Daniel versuchte, ihm eine Kopfnuss zu verpassen:

»Halt die Klappe!«

Ich blieb stur:

»Kann ich bitte Capità Barreno sprechen?«

## 2

Es war noch keine zwei Stunden her, dass Capità Melquíades Barreno auf der Couch vor dem Fernseher eingenickt war, während er darauf wartete, dass ihm seine Frau das Abendessen auf den Tisch stellte.

Diese letzten Tage waren verheerend für seine Gesundheit gewesen. Seit dem vergangenen Montag hatte er Haare und Kilos eingebüßt, seine Wangen schwabbelten wie die einer Bulldogge, sein Blick war trübe und finster umwölkt, seine Hände zitterten. Seit dem berühmten Montag, als er den Anruf erhielt, dass der *pichichi* des FC Barcelona entführt worden war, bis zu diesem Freitagabend hatte er knapp fünf Stunden Schlaf bekommen, aus dem er obendrein immer wieder hochgefahren war. Er war einfach zu beschäftigt gewesen mit der Zugsabotage, der Verfolgung von Flüchtigen durch die Straßen von Tos, Schießereien, der Reise nach Girona, wo er mit der Pistole im Anschlag ein Mädchen befreien musste, der Exhumierung und Überstellung von Leichen, der Vernehmung von Mördern und Entführern und Leuten, die mit illegalen Arbeitskräften handelten, und der engen Zusammenarbeit mit den Mossos d'esquadra … furchtbar anstrengend! Aber endlich war der Moment der Entspannung gekommen, wenn die Muskeln erschlaffen, von den Augen nur noch das Weiße zu sehen ist und sich im Mundwinkel ein Spuckefaden abseilt, ehe man den ersten Schnarcher ausstößt. Welche Glückseligkeit! Kurz bevor er die Dienststelle verließ, hatte ihn noch die Meldung erreicht, dass der Mannschaft der dritten Einheit (die beiden Guardias, die in dem schrottreifen Renault 5 Streife fuhren) die Festnahme Pillastres gelungen war, des Leichenverscharrers und flüchtigen Komplizen von DelaSelva. Perfekt! Das Seidenschleifchen um ein Paket erfüllter Pflichten! Jetzt musste nur noch der Schuldige an der Zugentgleisung ermittelt werden, doch war das eine höhere Liga, darum würden sich die Klugscheißer aus Girona, die wissenschaftlichen, auf schwierige Fälle spezialisierten Superagenten, schon kümmern. Ah, und dann war da noch ein gestohlener Wagen wiederzubeschaffen (*peccata minuta*). Capità Barreno sägte bereits.

Ein Anruf aus der Kaserne hatte ihn aus dem Schlaf gerissen. Er sollte schnellstens dorthin zurückkommen, weil man die Saboteurin des Nahverkehrszuges gefasst hatte, die zugleich auch die Autodiebin und obendrein drauf und dran gewesen war, jemanden mit einem Brotmesser zu erstechen.

Während er verschlafen, aufgedunsen und matt aus seinem Schlafanzug in die Uniform stieg, war es ihm unverständlich, wie er sich jemals nach ein bisschen Aktivität hatte sehnen können. Jetzt erkannte er, dass es viel besser war, wenn nichts, aber auch gar nichts geschah. Ganz entschieden! Konflikte mögen wir in Romanen, im Kino, im Fernsehen, aber nie und nimmer in Wirklichkeit, in unserem täglichen Leben. Um uns die Langeweile zu vertreiben, lesen wir ein Buch oder sehen uns einen Film über Leute an, die von tausend Problemen bedrängt sind, was uns einen Riesenspaß macht, aber noch lange nicht heißt, dass wir uns wünschen, all dieses Unheil solle über uns selbst hereinbrechen. Natürlich nicht. In den meisten Fällen spiegeln die fiktiven Geschichten unsere Ängste wider und helfen, uns zu beruhigen. Wonach wir als Leser oder Zuschauer lechzen, ist eine Weile der Ruhe, des Friedens, der Bequemlichkeit, der Langeweile eben, um diese Langeweile dann vertreiben zu können, indem wir an den Abenteuern von Typen teilhaben, denen nie langweilig ist. Zumindest war es das, wonach sich Capità Barreno auf seinem eiligen Weg zur Kaserne sehnte, wo ihn eine kleinlaute, flennende Gefangene und zwei zähnefletschende Zeugen erwarteten, die behaupteten, bei der Frau handele sich um eine gemeingefährliche Mörderin, Terroristin, Zugsaboteurin und Verrückte.

Als er, groggy wie er war, seine Amtsstube betrat, glaubte er, der Fall sei bereits unter Dach und Fach. Gewaltiger Irrtum!

»Ist sie geständig?«, fragte er, über den Aktenberg gebeugt.

»Ja«, bekam er zur Antwort.

»Freiwillig?«

»Ja.«

»Und was sie sagt, stimmt mit dem überein, was die beiden Zeugen ausgesagt haben?«

»Ja.«

»Na, dann ...«

Das hieß, er brauchte lediglich seine Unterschrift unter ein paar Schriftstücke zu setzen und Weisung zu geben, die Polizeiakte dem Richter vorzulegen, ehe er sich im Schweinsgalopp wieder nach Hause verzog. Schon tippte er den Kugelschreiber an die Zungenspitze, als man ihm mitteilte, dass ihn Teresa Pi sprechen wolle.

»Wissen Sie, wen ich meine? Das Mädchen, das ...«

Capità Barreno kannte mich bereits: Das Mädchen, das immer im rechten Moment auftauchte, um ihm zu sagen, dass nichts so einfach ist, wie es zunächst scheint.

Zwar hätte er mich herzlich gern zum Teufel gejagt, aber das konnte er schlecht machen. In den letzten fünf Tagen hatten ich und Mitarbeiter meiner Detektei (Titi, um genau zu sein) bei Verbrecherfestnahmen, Bandenzerschlagungen, Leichenexhumierungen und anderen, in der Kaserne abgewickelten kräftezehrenden Tätigkeiten eine aktive und entscheidende Rolle gespielt. Er konnte sich nicht weigern, mich zu empfangen.

»Schick sie rein!«

Ich betrat sein unordentliches Büro. Unordentlich ist gar

kein Ausdruck! Es sah aus, als habe man den Inhalt von zehn Containern über Tisch und Stühle geleert und dann den Ventilator angemacht. Alles war kreuz und quer mit Papier bedeckt: der Boden, die Stühle, die Fensterbank... Sogar auf dem Schreibtisch lagen Berge zerknautschter Schriftstücke.

»Na, Capità, wie geht's denn so?«, grüßte ich ihn leutselig, um ein gutes Gesprächsklima zu schaffen.

Er ließ sich in den Sessel fallen und sagte:

»Also los, was willst du?«

## 3

Er sah aus, als würde er jeden Augenblick die Besinnung verlieren. Die Augen fielen ihm zu. Ich kam zur Sache:

»Sie sollten Gaspar Cartron dem Richter vorführen und seine Aussage und die seines Freundes zerreißen! Das ist alles gelogen!«

Hätte er sich eigentlich denken können! Zusätzliche Arbeit! Das war meine Spezialität: ihm zusätzliche Arbeit zu verschaffen. Es dauerte drei Sekunden, bis er zu einer Antwort ansetzte. So lange brauchte er, um sich zu fragen: Gaspar Cartron? Der, der eben gegen die Terroristin ausgesagt hat? Was sollte der beim Richter? Auf die Antwort zu dieser letzten Frage kam er von allein, ohne dass ich noch etwas hinzufügen musste. Schließlich wusste er selbst am besten, warum er Gaspar Cartron festnehmen müsste. Aber wie war es möglich, dass *ich* das wusste?

»Morgen«, sagte er.

»Morgen ist es zu spät«, widersprach ich. »Morgen werden Sie Felisa Olvan und diese Aussagen schon zum Amtsgericht geschickt haben und das dürfen Sie nicht tun!«

Er rutschte unbehaglich auf seinem Sitz hin und her. In diesem Moment konnte er es, außer im Bett, nirgendwo aushalten.

»Felisa Olvan hat einen Haufen Verbrechen und verbrecherische Absichten gestanden!«

»Jetzt geht es um Gaspar Cartron. Und um Verletzung des Briefgeheimnisses«, spie ich ihm entgegen. »Sie wissen, wovon ich rede, stimmt's?«

Capità Barreno schloss die Augen. Vielleicht hoffte er, die Welt um ihn würde verschwinden, wenn er die Augen zumachte. Vielleicht wollte er einfach nur sterben.

Bei meinem Besuch im Krankenhaus hatte Gaspar Cartron mir von seiner Zusammenarbeit mit Capità Barreno bei der Überführung eines Mörders erzählt. Seine Worte waren: »Von Berufs wegen hatte ich Zugang zu, sagen wir, vertraulichen Informationen, die den Mörder ernsthaft belasten.« Im Hinblick auf die Tatsache, dass es sich um einen Briefträger handelte, konnte dieser »Zugang zu vertraulichen Informationen« meines Erachtens nur auf eine Verletzung des Briefgeheimnisses hindeuten. So war ich zu dem Schluss gelangt, dass der Capità ihn zwar erwischt, Cartron sich aber seine Straffreiheit damit erkauft hatte, indem er ihm verriet, was er über den Kunstfälscher wusste. Sollte mir noch irgendein Zweifel bezüglich Gaspar Cartrons heimlichem Hobby geblieben sein, hatte Sílvia Foscor mir bestätigt, dass der Mistkerl Felisa Olvans Briefe an Daniel Prim geöffnet hatte. Deshalb schloss der Capità die Augen, als ich sagte: »Jetzt geht es um Verletzung des Briefgeheimnisses und Sie wissen, wovon ich rede, stimmt's?« Weil er wusste, wovon ich redete.

»Und wenn Sie wissen, wovon ich rede, dann dürften Sie auch wissen, dass dieser Mann ein Verbrecher ist, und Sie die Pflicht haben, ihn zu verhaften. Ich möchte auf keinen Fall annehmen, dass Sie sich von diesem Schlawiner haben korrumpieren lassen!«

Er wurde noch ein bisschen blasser. Sich korrumpieren lassen? Korruption? Bloß nicht! Unmittelbar vor der Amtsübergabe an die Mossos d'esquadra wäre eine Korruptionsbeschuldigung gegen ihn entsetzlich!

»Natürlich nicht!«, winselte er.

»Also, wenn Sie wissen, dass er ein Verbrechen begangen hat und ihn nicht verhaften ...«

»Das war doch eine Absprache ...« Der arme Kerl hatte nicht einmal die Kraft, im eigenen Elend zu ersticken. »Davon verstehst du nichts ... Das sind Vereinbarungen, die mit den Informanten getroffen werden. Ein gegenseitiges Entgegenkommen ... Er hat ja kein wirklich schwer wiegendes Verbrechen begangen ...«

»Ach nein? Sie finden Diebstahl nicht schwer wiegend genug?«

»Diebstahl?« Ihm blieb die Spucke weg. Am liebsten wäre er rausgerannt, um sich eine Nase voll frischer Luft zu holen.

»Diebstahl von zehn Millionen Peseten. Halten Sie zehn Millionen Peseten für schwer wiegend genug?«

»Wem soll er zehn Millionen gestohlen haben?«

»Manolo Due!«

Das Briefgeheimnis war nämlich noch ein drittes Mal verletzt worden. Wenn Manolo Due einen Scheck über zehn Millionen Peseten in den Briefkasten gesteckt, dieser aber seinen Empfänger nicht erreicht hatte und es im Dorf einen Zusteller gab, der seine Nase in anderer Leute Korrespondenz steckte, dann musste man kein Einstein sein, um zwei und zwei zusammenzuzählen. Selbst der erschöpfte Capità Barreno konnte dem folgen.

»Manolo Due wird jeden Augenblick hier sein, und ich wette, dass Cartron, sobald er ihn sieht, sein Delikt eingesteht.«

»Aber worauf willst du hinaus?«, brabbelte der Capità, gealtert, hinfällig, in seinen Sessel versunken.

»Besorgen Sie einen Durchsuchungsbefehl für Gaspar Cartrons Wohnung! Dort werden Sie Manolo Dues Scheck finden.«

»Soll mir recht sein, ich werde den Durchsuchungsbefehl beantragen, die Wohnung filzen, den Scheck finden! Und was darf's bitte sonst noch sein?«

»Dann will ich, dass Sie die Aussagen von diesem Gauner und seinem Freund zerreißen. Sie sind nicht vertrauenswürdig, wie Sie sehr gut wissen!«

»Aber ich brauche die Aussagen dieser Typen ja überhaupt nicht! Die Saboteurin hat doch gesungen, alles gestanden, sich gleich von vornherein geschlagen gegeben! Die Aussagen dieser beiden Knilche zerfetze ich jetzt sofort!« Er hatte sie vor sich auf dem Tisch und tatsächlich nahm er sie auf, zerrupfte sie in tausend Fetzen und verstreute sie wie Konfetti durch das ganze Büro. »Und nun werde ich umgehend den Richter anrufen und ihn um den Durchsuchungsbefehl bitten. Und sollte der Zehn-Millionen-Scheck in Cartrons Besitz sein, greife ich mir den Kerl *stante pede*, was so viel heißt wie sofort!«

»Und wenn Sie den Scheck nicht finden, er aber gesteht, nehmen Sie ihn dann auch fest?«

»Dann nehm ich ihn auch fest! Alles klar, versprochen! Sonst noch was?«

Er erwartete, dass ich jetzt sagen würde: »Nein, danke, das war's«, weshalb meine nächste Frage sich ähnlich auswirkte, als hätte ich ihm einen Ziegelstein in den Nacken gesemmelt.

»Ich wüsste noch gern, wie die Verhaftung dieses Mädchens, Felisa Olvan, vonstatten gegangen ist.«

Er zog eine »Oh nein!«-Grimasse.

»Warum willst du das wissen?«

»Weil ich das Gefühl habe, dass man Sie bei der Sache mit der Zugsaboteurin auf den Arm nehmen will, und weil ich Ihnen, wenn die Wahrheit ans Licht kommt, die Blamage Ihres Lebens ersparen möchte. Bisher machen Sie Ihre Sache ja ziemlich gut. Ich bin sicher, dass Ihre Vorgesetzten große Stücke auf Sie halten.« Das stimmte (dank meiner Hilfe!). »Jetzt verpatzen Sie im letzten Moment nicht noch alles!«

Ich hatte ihn überzeugt. Oder zumindest gab er nach. Es war einfacher, mir zu erzählen, was ich wissen wollte, als mit mir zu diskutieren. So wären wir schneller fertig.

»Vergangenen Dienstag, mitten in dem Aufruhr um die Entgleisung und, naja, du weißt schon, dem ganzen übrigen Durcheinander, kam ein Mann und wollte Anzeige erstatten. Sein Auto war gestohlen worden. Ein Suzuki-Geländewagen.« Klammer auf: Fünfzehn Jahre lang hat kein Mensch hier wegen irgendetwas Anzeige erstattet, nichts ist passiert, nicht das Allergeringste, und an dem Tag kam alles auf einmal, Entgleisungen und Entführungen und sogar Autodiebstähle! Und wer weiß, was noch alles! Klammer zu. »Wo waren wir? Ach ja, also die Sache ist die, dass die Diebstahlsanzeige in all dem Tohuwabohu hier untergegangen ist. Heute, als wieder etwas Ruhe eingekehrt war, hat ein Mann angerufen und gesagt, er habe das gestohlene Auto auf dem Parkplatz des Krankenhauses gesehen …«

»Ein Mann? Wer?«

»Ich weiß es nicht. Ein Mann halt.«

»Hat er gesagt, wer er ist?«

»Nein.«

»Ein anonymer Hinweis. Komisch, nicht?«

»Komisch? Nein, wieso? Ich glaube, er hat gesagt, er sei ein Angehöriger des Fahrzeugeigners. Er hat gesagt: Ich glaube, ich habe das Auto meines Onkels auf dem Krankenhaus-Parkplatz gesehen! Und ich habe mir gedacht: Sehr schön, das heißt ja, wir können auch diesen Fall noch heute abschließen! Ich habe zwei Männer hingeschickt, um die Kennzeichen der beim Krankenhaus geparkten Autos zu überprüfen.«

»Und das finden Sie nicht seltsam?«

»Nein, das finde ich nicht seltsam. Was ist daran seltsam?«

»Naja, dass sich dieser Anrufer zuerst mit Ihnen in Verbindung setzt und nicht mit dem Eigentümer, seinem Onkel …«

»Vielleicht hat er ihn ja angerufen. Wer sagt denn, dass er das nicht gemacht hat?«

»Ist der Eigentümer aufgekreuzt? War er hier, um sein Auto zurückzuholen?«

»Nein …« Zweifel begannen an ihm zu nagen. Ihm grauste vor Unvorhergesehenem. Er musste die Klippe umschiffen, koste es, was es wolle. »Vielleicht kommt er ja morgen das Auto holen …«

»Würden Sie damit bis zum nächsten Tag warten?«

»Oder vielleicht ist der Anrufer ja mit seinem Onkel verkracht …«

»Aber das Kennzeichen vom Auto seines Onkels weiß er auswändig, und kaum dass er es entdeckt, greift er zum Telefon, damit sein Onkel es zurückbekommt.«

»Was könnte das denn sonst bedeuten?«

»Vielleicht dass jemand zwei Beamte auf den Parkplatz des Krankenhauses locken wollte, um sicherzugehen, dass jeder Übeltäter, der dort vorbeikäme, festgehalten würde.« Capità Barreno presste die Augen ganz fest zu, blieb so ein paar Sekunden und öffnete sie wieder. Tief enttäuscht stellte er fest, dass ich immer noch da war. Ich schmunzelte und ermunterte ihn fortzufahren: »Und weiter?«

»Naja…« Er schluckte. Es war abzusehen, dass ich auch gegen das, was jetzt kam, meine Einwände haben würde. Er sprach viel langsamer, als überlege er sich jedes Wort sehr gründlich. »Während Fernández und Salvador mit der Überprüfung der Kennzeichen beschäftigt waren… ist der gesuchte Suzuki auf den Parkplatz gefahren. Der geklaute Suzuki.«

»Ah, erst dann ist er gekommen?«

»Ja…«

»Das heißt, dass er vorher nicht da war.«

»Nein, er war nicht da. Er ist da erst angekommen.«

»Vielleicht hat man ihn weggefahren und wieder hingebracht, damit Ihre Männer ihn finden…« – Er erfasste die Ironie und winkte ungeduldig ab. – »Kann aber auch sein, dass der Anrufer wusste, dass der Suzuki auf dem Weg dorthin war und sich vergewissern wollte, dass Ihre Männer ihn in Empfang nehmen würden.« – Seine nächste Handbewegung besagte: Okay, kann sein, wäre auch eine Möglichkeit. – »Und außerdem hat ihn das Mädchen gefahren, das Ihre Beamten mit einem Brotmesser bedroht und sofort gestanden hat, sie wolle Gaspar Cartron umlegen und habe den Zug aus Girona zum Entgleisen gebracht.«

»Nein. Auf das mit dem Zug sind wir gekommen, als wir das Werkzeug entdeckt haben. Die Metallsägen, den Engländer und das Stahlseil.«

»Aber alles andere hat sie gestanden?«

»So ist es. Niemand hat sie unter Druck gesetzt. Sie hat freiwillig gestanden, gleich dreimal: auf dem Parkplatz, während der Fahrt hierher und dann hier noch einmal. Sie ist auch bereit, ihr Geständnis schriftlich niederzulegen.«

Ich wurde nachdenklich. Wer mich kennt, weiß, dass ich innerlich fluchte.

»Wenn Felisa Olvans Anwalt kommt«, sagte ich schließlich, »möchte ich gern dabei sein. Und ich fände es gut, wenn auch Felisas Freundin, Sílvia Foscor, das Werbemodel, mit dabei wäre.«

Um ein Haar hätte Capità Barreno gefragt, wieso denn das, unterließ es dann aber und nickte nur resigniert. Es war gescheiter, keine Fragen zu stellen.

Perfekt getimt, trat in diesem Augenblick ein Guardia ein, ohne anzuklopfen, und meldete, soeben sei der Anwalt von Felisa Olvan in Begleitung einer obergeilen Frau eingetroffen. Als er mich bemerkte, bereute er, »obergeil« gesagt zu haben.

»Sie sollen reinkommen«, befahl der Capità. Er stieß ein lautes Schnauben aus, das wie ein Schnarchen klang, als schliefe er mit offenen Augen und rede im Schlaf. »Und bringt mir auch die Festgenommene, diese Felisa Olvan!«

**4** Ich weiß nicht, ob Sílvia Foscor überrascht war, mich bei Capità Barreno anzutreffen. Sie hatte sich umgezogen, frisiert und parfümiert für ihren Auftritt (man kann es nicht anders sagen: sie trat nicht *ein*, sie trat *auf*). Hoch aufgerichtet, den Kopf leicht in den Nacken geworfen, bewegte sie sich mit der katzenhaften Eleganz, die sie auch auf dem Laufsteg an den Tag legen dürfte. Ihre Pose erlaubte keine weitere Überraschungsbekundung als ein diskretes Anheben der Brauen, ein laues Lächeln und ein einigermaßen freundliches »Teresa!«.

»Teresa! Du lässt aber auch gar nichts aus, was?«

Sie hatte einen Anwalt bei sich, der ebenfalls Fotomodell hätte sein können: gelglatte Haare, mächtiges Kinn, an den weiten Horizont auf hoher See gewöhnte Augen und ein gut sitzender grauer Anzug, der seine Figur wunderbar zur Geltung brachte.

»Was ist aus Pillastre geworden?«, fragte ich, einfach aus Nettigkeit.

Vor Schreck riss sie dermaßen die Augen auf, dass ihre Wimpern durcheinander gerieten. Wortlos bat sie mich, dieses Thema vor Capità Barreno nicht zur Sprache zu bringen, und versprach, nachher mit mir darüber zu reden. Der Mann neben ihr (der Rechtsanwalt Farragut alias Farra) hüstelte diskret und lenkte den Capità ab, in dem er sich über den Schreibtisch beugte, sich vorstellte und ihm die Hand hinstreckte.

»Ildefons Farragut, Rechtsanwalt, zu Ihren Diensten, sehr angenehm, hier meine Mandantin Frau Sílvia Foscor und Frau Felisa Olvan werde ich auch vertreten, kann ich sie sehen?« Alles in einem Atemzug. Zu viel für den armen Capità, der sich zwicken musste, um wach zu bleiben.

Später erfuhr ich, dass die beiden nach dem Anruf bei der Polizei einen Pakt mit Pillastre geschlossen hatten: Wenn er nicht verriet, dass Sílvia Foscor ihn als Killer anheuern wollte, würden ihn weder Sílvia Foscor noch die Hotelangestellten anklagen, das Model fast zwei Tage lang festgehalten zu haben. Sobald die Guardia Civil eintraf, stellte sie Pere-Pau Pillastre Celemín in der Gasse hinter dem Hotel, nahm ihn wegen seiner Beteiligung im Fall DelaSelva fest und Sílvia Foscor würde nie wieder etwas mit diesem Kerl zu tun haben. Sehr clever bei der Beseitigung von Problemen, Sílvia Foscor und ihr Anwalt! Jetzt waren sie gekommen, um ein weiteres zu beseitigen.

Mit vor Anspannung bebenden Fingern zündete sie sich eine Zigarette an. Ich hatte den Eindruck, dass sie mir nicht in die Augen sehen konnte. Farra beruhigte sie mit einem stereotypen Lächeln: Mit halb geschlossenen Augen kräuselte er die Lippen zu einer Art flüchtigem Küsschen. Ich folgerte daraus keineswegs, dass sie etwas miteinander hätten, ich dachte lediglich, dass der Rechtsanwalt ein snobistisches Arschloch war, das sich für unwiderstehlich hielt.

Gleich darauf ging die Tür auf und Felisa Olvan trat ein.

Ich fand sie gar nicht so hässlich. Ich meine, sie war nicht verwachsen, schielte nicht, hatte weder einen Buckel noch einen Riesenzinken noch Zahnlücken oder Warzen, und wenn sie behaart war, depilierte sie sich, genau wie ich, wie du und die Nachbarin. Neben Sílvia Foscor wirkte sie nicht attraktiv, stimmt schon, aber neben Sílvia Foscor hätte keine der Frauen, die ich kenne, etwas hergemacht. In diesem Moment wurde mir klar, dass Felisa Olvan einen Beruf ausübte, in dem sie gezwungen war, ständig in Gesellschaft und zu Diensten bildhübscher Frauen zu sein, den schönsten der Stadt. Den am besten Angezogenen mit den schicksten Frisuren. Und, das musste man wirklich sagen, Felisa Olvan kleidete sich unvorteilhaft und war nachlässig gekämmt. Sie hatte sehr breite Schultern und Hüften und stämmige Beine, was durch ihre Kleidung nicht kaschiert, sondern noch unterstrichen wurde: Das war es, was den ungepflegten, hässlichen Eindruck vermittelte. Als ob sie sich ständig mit den unerreichbaren Models verglichen, in diesem Wettbewerb kapituliert und für immer der Schönheit entsagt hätte. Als ob sie in ihrem Leben immer nur Leuten begegnet wäre, die ihr ihre Schwächen, nicht aber ihre Stärken vor Augen geführt hatten, sodass sie schließlich zu der Überzeugung gelangt war, dass es nicht lohnte, irgendeine Anstrengung zu unternehmen, um den anderen zu gefallen.

»Felisa, mein Schatz!« Sílvia stürzt auf sie zu und umarmt sie. »Was hör ich da? Was hast du getan? Du brauchst dir keine Gedanken zu machen: Das ist mein Anwalt, Ildefons Farragut! Ich war so in Sorge um dich die letzten Tage! Wo hattest du dich verkrochen?«

»Die Schmierenkomödie könnt ihr euch sparen!«, sagte ich.

Worte wie Blei, schwer wiegend und durchschlagend, mit einem Nachhall, als hätte ich sie in einer riesigen leeren Halle gesprochen. Alles in Capità Melquíades Barrenos Dienstzimmer erstarrte. Sogar die von Sílvia Foscors Zigarette fallende Asche blieb in der Luft hängen. Die sinkenden Lider des Capità hielten auf halbem Weg gelähmt inne. Über den Köpfen sämtlicher Anwesenden schwebte ein großes Fragezeichen:

?

»*Die Schmierenkomödie könnt ihr euch sparen!* Ihr habt euch vor kurzem am Pont de les Mosques getroffen!«

Sílvia Foscor drehte sich sehr langsam zu mir um, als befürchte sie, irgendetwas Zerbrechliches in ihrem Aktionsradius zu zerstören. Ihr perfektes Gesicht war beängstigend ausdruckslos. Der Anwalt Farragut hob die Brauen und krauste ein wenig die Nase, nur ein klein wenig, als schnuppere er einen fernen, unangenehmen Geruch. Felisa, die hinter Sílvia Foscor gestanden hatte, machte einen Schritt zur Seite, um mir einen trotzigen, bestätigenden, wütenden Blick zuzuwerfen. Die roten, verquollenen Äuglein Capità Barrenos sprangen von mir zu Sílvia Foscor, von Sílvia zu Felisa, von Felisa zu mir.

»Wie bitte?«, fragte das Topmodel liebenswürdig, als habe sie mich nicht richtig verstanden.

»Als Miquel mir gesagt hat, dass deine Freundin Felisa unter der Brücke lebt«, erklärte ich, »musst du dich hinter den Palmen und Säulen der Hotelbar versteckt und uns belauscht haben.« Ich nutzte die allgemeine Konsternation, um mir eine Randbemerkung zu erlauben, die mir schon lange auf der Seele lag: »Nicht zu fassen, wie sich alles nach deinen Wünschen fügt! Du brauchst einen Killer...« (Unwillkürlich presste Sílvia Foscor die Lippen zusammen, um *Pssst!* zu machen, unterließ es aber: Sie war nicht gut in Form.) »... und da taucht Tres Catorze auf und erzählt was von einem Killer. Du triffst ihn und es stellt sich heraus, dass du Pillastre schon früher einmal begegnet bist. Dann willst du mich eine Weile aus dem Weg haben und findest auf meinem Handy eine Nachricht: den Hilferuf meines Kollegen! Wie stellst du es nur an, so viel Schwein zu haben?«

»Aber was redest du denn da, Teresa?« Sie verzog das Gesicht, senkte und hob die Lider im Zeitlupentempo. Der Anwalt Farragut legte ihr die Hand auf den Arm. Felisa Olvan runzelte die Stirn.

»Nun, ich sage, dass du, während Miquel und ich etwas Wichtiges zu regeln hatten« (nämlich Titi zu Hilfe eilen mussten), »bei Felisa unter dem Pont de les Mosques warst!«

Sílvia erwachte langsam aus ihrer Erstarrung. Die Zigarette zerbrach ihr zwischen den Fingern.

»Aber was redest du da? Ich habe Felisa das letzte Mal gesehen, bevor ich nach Amsterdam gefahren bin…!«

Ich wiegte den Kopf. »Okay. Wenn du darauf bestehst, kann ich auch deutlicher werden …« Sílvia warf die Zigarette auf den Boden und trat darauf, nicht um sie zu löschen, sondern um sie zu zermalmen.

»Garcia«, sagte ich mit Engelsgeduld, »dieser arme Irre unter dem Pont de les Mosques, konnte meinen Namen nur von Miquel Prim kennen. Miquel, wie alle aus meiner Klasse, nennt mich immer Tres oder Tres Catorze. Garcia, unser lieber Garcia Capdefranells i Kronkite dagegen hat mich Teresa genannt, Teresa Pi. Weil du, Sílvia, mich Teresa Pi nennst und die Letzte warst, die mich Garcia gegenüber erwähnt hat! Bestimmt hast du ihn vorgewarnt, dass Miquel und ich dort auftauchen würden und dass er uns was vorlügen und mir einreden sollte, Felisa habe den Zug sabotiert und wolle Gaspar Cartron umbringen!« Eine Protestwelle ging durch den Raum, die ich zum Schweigen brachte, indem ich ein bisschen lauter wurde: »Außerdem hatte der arme Teufel sich gerade einen Sixpack, eine Pizza und eine Flasche Wodka gekauft. Von welchem Geld? Von dem, das du ihm kurz zuvor gegeben hattest, damit er uns was vormacht! Und der Gute hat uns belogen, das stimmt, aber zuvor hat er uns gewarnt. Er hat zu Miquel gesagt: Bringt mich nicht zum Reden, wenn ihr nicht wollt, dass ich euch belüge! Und dann hat er gelogen.«

»Sílvia…«, setzte der Anwalt an und wollte mit seiner Rechtsberatung loslegen.

Mit einer brüsken Bewegung befreite sich Sílvia Foscor von seiner Beschützerhand. Sie versuchte zu lächeln, bekam jedoch nur eine ungläubige Grimasse zustande. Sie durchbohrte mich mit glühenden, hypnotisierenden Augen voll übelster Absichten.

»Aber was faselst du denn da zusammen, Teresa, Tres Catorze, Schätzchen? Traust du mir etwa nicht?«

»Wie soll ich dir trauen, Sílvia, Sílvia Foscor, Goldstückchen, wenn du *a*) eine Pistole in der Tasche trägst, *b*) eine Kassette aufbewahrst, auf der deine beste Freundin erklärt, dass sie jemanden umbringen will, und sie dem Erstbesten vorspielst, und *c*) dir einen Killer beschaffst, um Gaspar Cartron zu ermorden? *Du* bist diejenige, die Gaspar Cartron töten wollte…!«

Sílvia hatte sich eine neue Zigarette angesteckt und stieß den Rauch aus, als wolle sie ihn gegen die Wand schmettern. Sie explodierte:

»Aber ich hab dir doch gesagt, warum, du hinterhältiges, geschwätziges Ding, dir kann man aber auch wirklich nichts anvertrauen! Ich hab dir gesagt…!«

Farragut mahnte:

»Sílvia, Sílvia, Sílvia, Augenblick, Sílvia, sprich nicht weiter, Sílvia…!«

Und ich:

»Ich weiß nur deshalb, dass du Gaspar Cartron umbringen wolltest, weil du selbst es mir gesagt hast. Alles, was mir über Felisa Olvans Absichten bekannt ist, habe ich von dir! Du bist bis jetzt die Einzige, die mir gegenüber behauptet und den Beweis erbracht hat, dass sie Gaspar Cartron tatsächlich umbringen wollte.«

»Halt gefälligst die Klappe!«, funkte Felisa entrüstet dazwischen. Sie war sehr nervös, zittrig, verwirrt. »Was hat dieses Gör hier zu suchen? Darf sie überhaupt hier sein? Ich hab ausgesagt...!«

»Ist mir schnurzpiepe, was du ausgesagt hast!«, schrie ich sie an, sodass Capità Barreno hellwach wurde. »Sílvia hat dich voll gelabert, ist mir klar! Weil sie dich kennt und weiß, dass du sie anbetest, und wie schlecht du von dir selbst denkst! Weil sie ganz genau weiß, dass du dazu neigst, immer alle Schuld auf dich zu nehmen, dich zu erniedrigen, zu demütigen, auszugrenzen, wie man daran sieht, dass du unter eine Brücke gezogen bist! Sie hat dich dort unter dem Pont de les Mosques besucht, dich angefleht, dir Versprechungen gemacht, dich platt geredet und durcheinander gebracht, und dir wer weiß was für eine Geschichte verkauft, damit du dich zu Verbrechen bekennst, die du gar nicht begangen hast!«

»Gar nichts hat sie mir verkauft!«, gab Felisa Olvan zurück, mindestens so hitzig wie ich. Bei ihrem Geschrei ging die Tür auf und ein Guardia fragte den Capità, ob er Verstärkung brauchte. Der Capità scheuchte ihn mit der Hand hinaus. »Ich wünsche Gaspar Cartron den Tod ebenso sehr wie sie! Ich hab den Zug zum Entgleisen gebracht und heute Nacht wollte ich zu Gaspar Cartron, weil ich ihm das Brotmesser in den Leib rammen wollte, und deshalb erkläre ich mich schuldig, weil ich es bin! Ich bin im Leben viel öfter gekränkt worden als sie und hab viel mehr Grund, diesen Scheißkerl umzulegen, und daher trage ich viel mehr Schuld als Sílvia...!«

»Damit hat sie dich rumgekriegt?«, schlug ich zurück. »Weil du öfter erniedrigt worden bist, sollst du mehr Schuld haben als sie?«

*»Sie wollte mir einen Gefallen tun!«* In der Hitze des Gefechts rutschte ihr heraus, was sie nicht hätte sagen dürfen, doch als sie es bemerkte, war es bereits zu spät.

»Sie hat nur an sich selbst gedacht und von Anfang an geplant, es dir in die Schuhe zu schieben. Seit sie deine verzweifelte Nachricht auf dem Anrufbeantworter gehört und beschlossen hat, das Band aufzubewahren, um einen Beweis gegen dich in der Hand zu haben! Als sie diesen Wahnsinn mit der Entgleisung gemacht hat, waren ihr die Nerven durchgegangen, aber schon im nächsten Augenblick galt ihre einzige Sorge der Frage, wie sie es dir anhängen könnte! Sie ist nichts als eine weitere Demütigung in deiner Biografie, Felisa.« – Das hatte ich wirklich schön gesagt! – »Sie ist die größte aller deiner Demütigungen, weil sie davon ausgeht, dass du auf nichts ein Anrecht hast, weil sie dir eingeredet hat, dass du auf nichts ein Anrecht hast und sie dir überlegen ist, einfach weil sie hübscher ist. Was hat sie sonst noch gesagt, Felisa? Dass sie es nur gemacht hat, um dir einen Gefallen zu tun? Dass du im Grunde an allem schuld bist? Dass das alles nicht passiert wäre, wenn du schöner wärst? Dass es für sie eine viel größere Katastrophe darstellt, in den Knast zu gehen, als für dich? Warum? Weil du dich ohnehin schon damit abgefunden hast, im Elend zu leben? Weil sie von tausend Fotografen erwartet wird und du von keinem einzigen? Weil sie berühmt ist und du nicht? Weil sie schön ist und du nicht? Hat sie dich damit bequatscht?«

Nach ihrem Patzer hatte Felisa sich auf die Lippen gebissen und eingeschüchtert zurückgezogen. In ihren Augen schimmerten Tränen.

Der Anwalt hatte Sílvia inzwischen aufgefordert, mit ihm hinauszugehen, um diese Verleumdungen und Schmähungen nicht länger anhören zu müssen, doch Sílvia war so zornig und gespannt, dass sie ihm nicht Folge leisten konnte, selbst wenn sie gewollt hätte.

»Teresa!«, rief sie in einem letzten Versuch, mich auf ihre Seite zu ziehen. »Um Gottes willen! Das ist doch lächerlich! Willst du mir etwa unterstellen, ich hätte den Zug zum Entgleisen gebracht?«

»Nein, meine Liebe! Das will ich nicht *unterstellen*, das behaupte ich, so laut ich kann!«

Farragut wandte sich an Capità Barreno:

»Also, das ist eine Anschuldigung...« Ich nehme an, er wollte sagen: »... die nicht zu tolerieren ist«.

»In der Tat!«, fuhr ihm der Capità, jetzt glockenwach, mit energischem Nicken in die Parade.

»Aber ich war doch gar nicht da!«, verteidigte sich Sílvia mit überschnappender Stimme. »Ich war doch in Amsterdam!«

»Mit Sicherheit hast du für ein gutes Alibi gesorgt! Aber ich kann beweisen, dass du am Montag, dem Ersten, hier gewesen bist und Felisa gesucht hast! Laut deiner Version hast du erst am Dritten angefangen, nach ihr zu suchen, aber am Montag, dem Ersten, hast du mit einer Frau namens Montserrat Olvan telefoniert, die dich an deiner *Öchhöbe-Dörst*-Stimme wiedererkennen wird! Am Zweiten hast du den Suzuki geklaut und die Gerätschaften hineingepackt, die du für die Zugsabotage benutzt hast, was bedeutet, dass du da bereits vorhattest, Felisa den schwarzen Peter zuzuschieben! Und dann hast du am selben Tag noch dein Zimmer im Hotel Cantonada bezogen!«

»Was für ein hirnverbrannter Blödsinn...!« Sílvias Mund war fratzenhaft verzerrt und sie wedelte mit den Armen, als stehe sie am Rand eines Schwimmbeckens und sei im Begriff, ins Wasser zu fallen. »Aber warum sollte ich das tun? Ich wollte Felisa doch nur helfen…! Die ganze Chose ging mich ja im Grunde überhaupt nichts an…!«

Ich imitierte ihre dunkle Tonlage und sagte mit bedrohlicher, unheilschwangerer Grabesstimme:

»Sie ging dich genauso viel an wie Felisa!« – *Sö göng döch genöuso vöhl ön wö Fölösö.* – »Dein Groll. Dein Wunsch, dich für die Demütigung zu rächen. Sie ging dich sogar noch mehr an, weil du daran nicht gewöhnt bist.«

»Ich?« *Schluck.* Das entscheidende Stichwort: *Demütigung.* »Was für eine Demütigung?«

»An dem Donnerstag, als du zu der Verabredung mit Gaspar Cartron gegangen bist und er dich seinen Freunden vorgestellt hat. Ich kann mir nicht vorstellen, dass ein Vogel wie Gaspar Cartron sich die Chance durch die Lappen gehen lässt, ein Topmodel wie dich anzubaggern. Willst du mir etwa weismachen, er habe dich seinen Freunden vorgestellt, dich anschließend nach Hause gebracht und basta? Warum hast du auf der Heimfahrt mit Gaspar Cartron Felisas Problem nicht angesprochen? Und wie kommt es, dass du seine Autonummer auswändig wusstest? Soll ich es sagen, jetzt, hier, vor versammelter Mannschaft? Weil er sich an dich herangemacht hat! Es ist undenkbar, dass dieses Raubein sich nicht ein paar Dreistigkeiten erlaubt hat, wo er doch nur die Hand nach dir auszustrecken brauchte! Er ist hinter dieser Tür, ich weiß nicht, ob du ihn beim Hereinkommen gesehen hast! Wir brauchen ihn bloß zu fragen! Was hat er also mit dir gemacht?«

Ich konnte die schwarze Gewitterwolke, die sich voller Blitz und Donner über ihrem Kopf zusammenbraute, förmlich wahrnehmen. Es war die Erinnerung an jenen verwünschten Donnerstagabend. Eine bleischwere, grabdunkle, widerliche, faulige, stinkende Wolke. Sie konnte die Erinnerung nicht ertragen. Sie erstickte daran. Es war offensichtlich, dass Sílvia Atembeschwerden hatte, und um Luft holen und ihre Lungen mit dem nötigen Sauerstoff versorgen zu können, musste sie den Mund weit aufreißen, wobei sie einen spitzen Klagelaut von sich gab, als habe sie schon seit einer Weile starke Schmerzen und halte es nicht länger aus.

»Nichts hat er gemacht!« – Dass es da kein Vertun gibt! – »Gar nichts hat er mit mir gemacht! Das habe ich nicht zugelassen! Und deshalb ist er sauer geworden! Er hat gesagt, er würde mich nach Hause bringen, und vor seinen Freunden die große Show abgezogen. Ich vermute, dass er ihnen sogar zugezwinkert hat: Jetzt geht's zur Sache!, und dann hat er auf halber Strecke nach Barcelona angehalten und wollte mich vernaschen! Er ist ein Stück Scheiße und es ist das reinste Wunder, dass ich ihm nicht die Augen ausgekratzt habe! Aber er hat mich aus dem Auto geschmissen und den gesamten Inhalt meiner Handtasche im Dreck und Matsch des Straßengrabens verstreut! Und er hat mich beleidigt und angespuckt! *Niemals* ist jemand so mit mir umgegangen, *niemals*! Und dann hat er noch gesagt, er wüsste ja, dass ich ihn nicht anzeigen würde, weil wir, *die Prominenz aus den Illustrierten*, den *Skandal* scheuten, und dass er einen Haufen Lügen über mich verbreiten könnte! Und jawohl, ich habe mir seine Autonummer gemerkt und bin hingegangen und hab ihm den Wagen zertrümmert! Und als Daniel Prim mir gesagt hat, dass Cartron am Dienstag mit dem Zug zurückfahren würde und mit welchem, da habe ich den Zug zur Hölle geschickt, um ihm den Garaus zu machen, ganz recht, und ich würde es noch tausendmal und öfter machen, wenn ich die Chance bekäme! Und schuld an alldem ist nur Felisa, denn sie hat mich in diesen Schlamassel hineingezogen und ich hab das alles nur ihr zuliebe gemacht!«

Danach, Stille. Eine Stille, in der nur Felisa Olvans untröstliches Schluchzen und das Keuchen Sílvias zu vernehmen waren, die uns zitternd und gebeugt den Rücken zuwandte und mit dem Gesicht zur Wand die soundsovielte Zigarette anzündete. Farragut stammelte nur zusammenhangloses Zeug.

Capità Barreno warf mir einen anerkennenden Blick zu. Er lächelte, und ich bin fast sicher, dass er mir am liebsten einen Kuss gegeben hätte. Aber, mal ehrlich, das hatte ich wirklich spitzenmäßig hingekriegt!

## 5

Miquel Dürrrappel-Fahrradnase war in dieser Art Vorraum geblieben, der in der Guardia-Civil-Kaserne von Tos als Wartezimmer dient, erzählte mir aber später, wir hätten so gebrüllt, dass er alles mitbekommen habe, noch bevor wir wieder herauskamen. Daran konnte man das Ausmaß seines Interesses an Felisa Olvan sehen, denn um ihn herum hatte derweil ziemlicher Aufruhr geherrscht.

Mit einem Mal war Manolo Due aufgekreuzt (berühmt in der ganzen Welt, aber aufgrund seiner hier erlebten Abenteuer insbesondere in dieser Kaserne) und Gaspar Cartron, der geduldig darauf wartete, seine Aussage zu unterschreiben, hatte fast der Schlag gerührt. Natürlich konnte er den Zehn-Millionen-Scheck in seiner Küchenschublade nicht vergessen: Es ist nicht leicht, einen Zehn-Millionen-Scheck aus dem Kopf zu kriegen. Die Schuld trieb ihm alles Blut in die Wangen. Manolo Due fragte nach Capità Barreno und mir und sagte, er wolle über den Diebstahl eines Schecks im Wert von zehn Millionen Peseten reden, und Gaspar Cartron bekam weiche Knie, sodass er sich setzen musste. In seinem Kopf drehte sich alles und im nächsten Augenblick gestand er sein Verbrechen. Er lachte nervös und fuchtelte mit den Händen in der Luft herum, als wolle er Fliegen verscheuchen, während er sich bemühte, das Ganze auf ein simples Missverständnis, einen belanglosen Zwischenfall zu reduzieren. Selbstverständlich habe er nie daran gedacht zu stehlen, nicht im Traum!, der Beweis dafür sei, dass er nicht einmal versucht habe, den Scheck einzulösen, der noch immer zu Hause in der Schublade liege wie ein Andenken, als *Souvenir* sozusagen, zum Ausdruck seiner Verehrung für das weltberühmte Fußballidol …

Manolo Due verfolgte fassungslos das Schauspiel. Ich hatte ihn angerufen und ihm gesagt, wenn er den Dieb seines Schecks fassen wolle, dann müsse er für ein paar Minuten seine Party verlassen und zur Kaserne der Guardia Civil kommen. Manolo Due hatte auf mich gehört, und kaum dass er die Schwelle der Kaserne überschritt, traf er dort auf einen Mann mit steifem Hals, der fast unter Tränen zugab, derjenige zu sein, der seine zehn Millionen habe. Der Grad der Bewunderung, die Manolo Due mir entgegenbrachte, sah sich in diesem Moment um ein Vielfaches nach oben korrigiert. Er musste sich all die Rechtfertigungen anhören, die ich euch am Anfang von *Tres Catorze irrt sich* schon dargelegt habe: er wisse nicht, wie und warum er den Umschlag geöffnet habe (wahrscheinlich ein vorübergehender Anfall von geistiger Umnachtung, der ihn der Verantwortung für seine Handlungen enthob), und als er seinen Fehler wieder gutmachen und den Brief zustellen wollte, als ob nichts geschehen wäre, sei er so zittrig und nervös gewesen, dass er das Papier zerrissen und dann keinen anderen Ausweg gesehen habe, als den Scheck zu behalten.

Als Felisa Olvan und ich aus dem Dienstzimmer Capità Barrenos traten, stürzte Miquel auf Felisa zu, fasste ihre Hände und sah sie so liebevoll an, dass ich fast losgeheult hätte.

»Felisa! Was ist denn passiert?«, hörte ich ihn fragen.

Sie weinte und er nahm sie in die Arme.

Da ich dort nur stören konnte, wandte ich mich den anderen beiden, Manolo Due und Gaspar Cartron, zu.

»Habt ihr euch schon bekannt gemacht?«, sagte ich fröhlich. »Capità Barreno meint, er wird sich morgen einen Durchsuchungsbefehl für die Wohnung dieses Herrn besorgen …«

»Nein!«, jaulte Gaspar Cartron.

»Aber das ist doch nicht mehr nötig!«, rief Manolo Due aus und sah mich an, wie man eine gute Fee ansieht. »Er hat mir gerade alles gestanden.«

»Ah …«, machte ich befriedigt, erfreut und triumphierend.

Doch mit der Befriedigung und dem Triumphgefühl war es schnell vorbei. Ich hatte den Fall der Zugentgleisung gelöst, ein anstrengender Tag war zu Ende und zusammen mit der Müdigkeit überkam mich nun die Depression. Ich hatte diesen Freitag auf vollen Touren begonnen, um nicht nachdenken zu müssen (wisst ihr noch? Solange du handelst, denkst du nicht über deine Gefühle nach), doch jetzt war Schluss mit der *action*, das Ende der Achterbahn erreicht, wo der Wagen abgebremst wird und du wieder wohlbehalten in der normalen Welt mit all ihren normalen Sorgen ankommst. Wenn die Ekstase der lotrechten Abstürze, der *loopings* und rasenden Spiralen vorüber ist und sich die Aufregung legt, stehst du plötzlich wieder am Starthäuschen, am selben Punkt, dem du entfliehen wolltest.

Toni hatte mich wegen dieser Gans Marta Bufí verlassen, niemand hatte mich lieb, ich war die Hässlichste und Doofste der Welt, und die Detektivagentur, die mein Vater gegründet hatte und die mir meinen Lebensunterhalt sicherte, soff ab wie die Titanic. Das war die reale Welt.

Manolo Due lud mich zu seiner Party ein und wiederholte, dass mich alle seine Freunde, einschließlich Pep Guardiola, kennen lernen wollten. Aber ich sagte, nein danke, ich sei sehr müde, und bestimmt sah man es mir an, denn er bestand nicht weiter darauf. Als er sah, wie ich mich Richtung Dalt Vila davonschleppte, niedergeschlagen, mit hängendem Kopf, rief er mir noch nach:

»Alles in Ordnung, Tres?«

»Alles in Ordnung, Manolo«, gab ich beklommenen Herzens zurück.

Ich versuchte, mein Seufzen zu unterdrücken. Ich kann mir vorstellen, wie er mir nachschaute, besorgt die Brauen runzelte, die Lippen zusammenpresste, traurig, weil er mir nicht helfen konnte, sich dann umdrehte und zurück zu seinen Leuten ging, ohne den Gedanken an mich loszuwerden.

Während ich die Ronda hinauf zur Porta Vella ging, dem Tor zum mittelalterlichen Teil des Dorfes, schoss mir allerlei durch den Kopf. Die Erinnerung an Toni machte mich schwermütig, er fehlte mir, ich dachte, dass mich niemals wieder jemand so umarmen würde wie er, so küssen würde wie er, so in den Hintern zwicken würde wie er, und mir wurde bewusst, dass soeben ein sehr bedeutsamer Abschnitt meines Lebens unwiederbringlich vorüber war. Und ich nehme an, dass ich auch ein bisschen neidisch war auf diesen zärtlichen, erwartungsfrohen Blick, mit dem Miquel Prim Felisa empfangen hatte, als wir aus dem Büro Capità Barrenos gekommen waren. Der Beginn einer Liebesgeschichte. Miquel fand Felisa offenbar überhaupt nicht hässlich. Damit bestätigte sich, dass Schönheit oder Hässlichkeit ganz im Auge des Betrachters liegen. Nur zwei Personen hatten behauptet, Felisa sei sehr hässlich, hässlich wie die Nacht, »potthässlich«. Zum einen Gaspar Cartron, der böse auf sie war, sie verachtete und sie mit diesen Worten nicht beschreiben, sondern beleidigen wollte. Und zum anderen Sílvia Foscor. Für sie war ein hässlicher Mensch jemand, auf den man keinerlei Rücksicht zu nehmen brauchte, Sílvia lebte in der Welt der Schönen, wo vor allem Schönheit zählte und sonst gar nichts.

Vor Erschöpfung und Schwermut fürchtete ich, bald ganz am Boden zu kriechen, also sah ich mich nach einem bisschen *action* um. *Action* und Gesellschaft. Was würde ich morgen tun? Titi! Ich musste Titi finden! Was war aus Titi geworden? Mein Herz raste. Wie hatte ich ihn nur vergessen können… Titi und den Kuss, den er mir im Schatten des Lagers von L. A. Boro Plantes Medicinals geraubt hatte?

In meinen Augen strahlte ein neues Licht, neue Energie beschleunigte meinen Schritt die steile Ronda hinan. Es gab Titi. Morgen gab es eine Menge zu tun…

Mit dem sirrenden Geräusch eines Motors, der in zu kleinem Gang gefahren wird, kam ein Auto die Ronda hinauf. Ich ging auf der linken Straßenseite, dicht an den mittelalterlichen Mauern entlang, die sich nach Dalt Vila hinaufzogen. Auf der rechten Seite war die Straße von einem Geländer aus Stein begrenzt, eine Art Aussichtspunkt, von wo man über einen fast senkrechten, mit dickblättrigen Pflanzen bewachsenen Hang zu den neuen Häusern im Tal hinunterblickte. Das Auto näherte sich mir von hinten, die Scheinwerfer zogen meinen Schatten in die Länge, und ich hatte das Gefühl, dass sie mich verfolgten. Noch ehe ich die Stimme hörte, wusste ich, dass dieses Motorengeräusch irgendetwas mit mir zu tun hatte.

»Tres!«

Ich wandte mich um. Es war das Auto von Rodri Zamorano, und Rodri Zamorano hatte mich gesehen, seine Augen folgten mir mit einem erschreckend erschrockenen Ausdruck, während er mir mit der linken Hand Zeichen gab. Um mich nicht aus den Augen zu verlieren, musste er jedoch den Hals drehen und den Blick von der Straße abwenden.

»Vorsicht!«, schrie ich.

Wir befanden uns genau in der Kurve, wo sich die Ronda verengt und durch den Torbogen der Porta Vella zwängt wie ein Faden durchs Nadelöhr. Rodri lenkte weder in die Kurve noch korrigierte er seinen Kurs. Er rauschte auf den Bürgersteig, schrappte geräuschvoll an dem Steingeländer entlang und krachte frontal in die rechte Säule der Porta Vella. Die Windschutzscheibe und das Fenster auf der Fahrerseite zersplitterten und die Radkappe kullerte die Ronda hinunter.

*Von unten kam ein Auto.*

Ich lief über die Straße, um Rodri Zamorano zu helfen, der benommen aus dem Wagen stieg und mit den Armen ruderte, als glaubte er, ins Wasser gefallen zu sein und schwimmen zu müssen. Er stolperte und musste sich auf der Motorhaube abstützen.

»Bist du in Ordnung?«, fragte ich ihn.

Er war in heller Panik.

»Tres! Du machst doch Kampfsport, nicht?«

Ich nickte mechanisch, erfüllt von einer schauerlichen Vorahnung, was mein Partner ausbaldowern mochte.

Der Wagen war herangekommen und hatte nahe bei uns angehalten. Drei Türen gingen auf, und drei große, breitschultrige Männer, deren Gesichter nichts Gutes verhießen, stiegen aus. Einer trug eine Brille, ein anderer einen Hut. Diese beiden waren in elegante Dreiteiler gekleidet und der Dritte, in T-Shirt, Shorts und Turnschuhen, wirkte grotesk neben ihnen.

Gut aussehende Typen, das muss ich wirklich sagen. Alle drei. Und sie machten Angst.

»Ich hab nämlich das Gefühl, dass du mir mal eben zur Hand gehen musst«, sagte Rodri Zamorano.

Sollte da jemand meinen Wunsch nach *action* etwas zu wörtlich genommen haben und das der Beginn eines neuen Abenteuers sein, das mich einmal mehr aus meinen Grübeleien reißen würde?

Erstes Kapitel:
Das Geheimnis der Sílvia Foscor . . . . . . . . . . . . . . . . 7

Zweites Kapitel:
Sílvia Foscor rettet mir das Leben . . . . . . . . . . . . . . . 22

Drittes Kapitel:
Lassen wir Sílvia Foscor mal einen
Moment beiseite . . . . . . . . . . . . . . . . . . . . . . . . 40

Viertes Kapitel:
Sílvia Foscor braucht Hilfe . . . . . . . . . . . . . . . . . . 58

Fünftes Kapitel:
Sílvia Foscor unter Wüstlingen . . . . . . . . . . . . . . . . 83

Sechstes Kapitel:
Das Mädchen, das sich Sílvia Foscors Gesicht
angeeignet hatte . . . . . . . . . . . . . . . . . . . . . . . . 112

Siebtes Kapitel:
Sílvia Foscors Freundin . . . . . . . . . . . . . . . . . . . . 130

Achtes Kapitel:
Felisa Olvan . . . . . . . . . . . . . . . . . . . . . . . . . . . 160